Arthur Miller

PRESENCE

存 在

[美]阿瑟·米勒 著 林斌 译

人民文学出版社
PEOPLE'S LITERATURE PUBLISHING HOUSE

著作权合同登记号　图字 01-2017-5925

图书在版编目(CIP)数据

存在/(美)阿瑟·米勒著；林斌译. —北京：人民文学出版社，2017
(短经典)
ISBN 978-7-02-012680-4

Ⅰ.①存… Ⅱ.①阿… ②林… Ⅲ.①短篇小说-小说集-美国-现代 Ⅳ.①I712.45

中国版本图书馆 CIP 数据核字(2017)第 071991 号

总 策 划　**黄育海**
责任编辑　**朱卫净　欧雪勤**
装帧设计　**张志全**

出版发行　**人民文学出版社**
社　　址　**北京市朝内大街 166 号**
邮政编码　**100705**
网　　址　**http://www.rw-cn.com**
印　　刷　**山东临沂新华印刷物流集团**
经　　销　**全国新华书店等**
字　　数　**91 千字**
开　　本　**889 毫米×1194 毫米　1/32**
印　　张　**5.125**
版　　次　**2017 年 11 月北京第 1 版**
印　　次　**2017 年 11 月第 1 次印刷**
书　　号　**978-7-02-012680-4**
定　　价　**32.00 元**

如有印装质量问题，请与本社图书销售中心调换。电话：010－65233595

34
SHORT CLASSICS
短经典

目 录

斗牛犬

他在报纸上看见这样一条小广告："黑色斑点斗牛犬幼崽，三美元一只。"帮人粉刷房子他赚了差不多十美元，还没存进银行，可他们还从来没在家里养过狗呢。当这个念头在他脑子里盘桓时，他父亲长时间午睡未醒，母亲正在打桥牌；他问她可不可以，她心不在焉地耸耸肩，扔出了一张牌。他在房子里走来走去，想要做个决定，心里渐渐生出一种紧迫感，他必须抢在别人前面买下那小狗。他心目中已经有了属于他的那特定的小狗——那是他的小狗，这一点小狗也知道。他不清楚黑色斑点斗牛犬长得什么样子，但这名字听起来很酷、很棒。而且他有这三美元，不过，他父亲又一次破产了，在他们如此缺钱的情况下，他又很不情愿花掉这笔钱。那条小广告没提一共有几只小狗。也许只有两三只，这会儿可能已经被人买走了。

地址是谢默霍恩大街，他从未听说过。他打电话过去，一个声音沙哑的女人告诉他如何去那里，该乘什么车。他从米德伍德区出发，坐卡尔弗高架线，因此要在教堂大道转车。他把这些都写了下来，再全部读给她听。谢天谢地，她那些小狗还没卖出去。路上花了一个多小时，但这天是星期日，火车上几乎空无一人，微风从敞开的木框车窗里吹进来，车厢里比街道上凉爽。他能看见下面的空地上有几个意大利老妇人，头上裹着红色的印度花绸巾，弯着腰采摘蒲公英放在围裙里。他同学中的意大利朋友说，蒲公英可以酿酒，拌沙拉。他曾经尝试吃过一回，那是他在自家附近的空地上打棒球左外野的时候，可它像泪水一样又苦又咸。这列旧木火车上几乎没有乘客，在这个炎热的下午摇摇晃晃地前行，咣当咣当地发出轻微响动。在经过一个街区上方时，他看见男人们站在车道上洗车，就好像汽车是一头头热坏了的大象。浮尘在空气里欢快地穿行着。

谢默霍恩大街一带让他感到有些意外，跟他在米德伍德区的家完全不同。这里的房子是褐色砂石建成的，一点儿也不像他家所在街区的那些楔形板制房子，后者才刚建成几年，最早也不过是在二十年代。就连人行道都看起来很古老，铺的是大块的方块石头而不是水泥，小草从石头缝里长出来。他能看得出犹太人不住在这里，也许是因为周围如此安静，死气沉沉的，没有一个人坐在外面享受阳光。许多扇窗户大敞四开，面无表情的人们撑着臂肘，朝外凝视，猫儿们伸展肢体躺在一些窗台上，不少女人只穿胸罩，男人们则穿着内衣，大家都在乘凉。汗水在他的背上缓慢地流淌着，不仅是因为天气炎热，而且是因为他现在意识到只有他一个人想要养狗，他父母没有表态，他哥哥说："把你仅有的几块钱花在一只小狗身上，你疯了吗？谁知道它有没有用呢？而且你打算拿什么来喂它呀？"他觉得可以喂它骨头，可他那总能明辨事理的哥哥大声喊道："骨头！它们还没长牙呢！"嗯，或许汤汤水水就行，他小声咕哝道。"汤水！你要喂小狗*汤水*？"他猛然发现自己已经到了那个地址。他站在那里，感觉心里很没底，他知道这件事压根就是一个错误，就像是他做的一个梦或是撒的一个谎，他竟然还傻乎乎地试图为它的真实性进行辩护。他心跳加快，感到自己脸涨得通红，又继续向前走了大约半条街。街上只有他一个人，有几扇窗子里的人们看着他在空旷的大街上行走。可是，已经跑出来这么远了，他怎么能回头呢？他似乎已经出门旅行几个星期或者一年了。现在要两手空空地回去坐地铁吗？或许他至少应该看一眼那只小狗，如果那个女人让他看的话。他在《知识全书》[①]里查过，那里有整整两页的狗类图片，其中有一只前腿弯曲、下牙暴突的白色英国斗牛犬，一只黑白毛色的波士顿斗牛犬，一只长鼻子美洲喇叭狗，可就是没有斑点狗。说到底，他其实只知道斑点斗牛犬售价三美元。不过，他至少得看它一眼吧，他的那只小狗，于是他沿着那条街走回去，按照那个女人先前告诉他的做法，按响了地下室的门铃。铃声大作，把他吓了一跳，但他觉得要是自己跑掉，而她出来时刚好看见他，那就更尴尬了，所以就站在那里，汗水淌过了嘴唇。

门廊下的一扇内门打开了，一个女人走出来，透过大门上生锈的铁栅栏看着他。她身穿一件类似睡袍的浅粉色丝绸罩衫，一只手拢起衣襟，长长的黑发一直垂到肩头。他不敢直视她的脸，所以无法准确地描述她的长相，但是，就在她站在她家紧闭的大门后面时，他能够感觉到她很紧张。他觉得她不知道自己为什么要按响她家的门铃，便赶快问她是不是在报纸上登了广告。嗯！

---

① 英国作家阿瑟·密主编的《儿童各种学科全书》，美国版称为《知识全书》。

她的态度马上就变了，她打开门闩，拉开了门。她的个子比他矮，身上有一种特殊的气味，像是牛奶和陈腐气息的混合物。他跟着她走进了公寓，里面光线很暗，他几乎什么也看不清楚，但是能听见小狗在高声叫唤。她不得不大声地问他住在哪里，年纪有多大，当他告诉她十三岁时，她用一只手捂住嘴巴，说他这个年龄个子非常高了，可他不明白这为什么似乎让她有些难为情，也许她先前以为他有十五岁了，人们有时会这么认为。他跟着她进了厨房，厨房在公寓的后部，他从阳光下走出来有几分钟了，终于能够看清楚周围的环境了。三只小狗和它们的妈妈在一个大纸板箱里，箱子边缘参差不齐地截下去一段。母狗坐在那里，仰头看着他，尾巴缓慢地前后摇摆。他觉得它不像一只斗牛犬，但他不敢这么说。它不过是一只浑身长着黑色斑点和零散条纹的棕色狗，小狗们也一样。他确实很喜欢它们那下垂的小耳朵，但他对那个女人说，他想看看这些小狗，但还没拿定主意呢。他其实不知道接下来该怎么办，于是，为了使自己显得并不是不欣赏这些小狗，他问她是否介意他抱起一只来。她说没问题，把手伸进纸板箱里，拎出两只狗崽，放在蓝色的油毡地上。它们看起来不像他见过的任何斗牛犬，可他不好意思对她讲他其实不太想买。她抱起一只，说“瞧吧”，把它放在了他的腿上。

他还从来没有抱过狗，害怕它滑落下去，便用双臂轻轻抱住。它贴在他的皮肤上热热的、软乎乎的，让他感到一阵激动，却又有点恶心。它长着小小纽扣般的灰色眼睛。《知识全书》上没有一张这种狗的图片，他心里忐忑不安。真正的斗牛犬是强悍而危险的，可这些只不过是普通的棕色狗而已。他坐在铺着绿色软垫的椅子的一只扶手上，腿上趴着那只小狗，不知道接下来该怎么办。这时，那个女人已在他身边坐下，他觉得她好像轻轻地拍了拍他的头发，可他不能确定，因为他的头发很茂密。时间一秒一秒地过去，他却越来越不知所措了。然后，她问他要不要喝点水，他说要，她走到水龙头那里去接水，他便趁机站起身来，把小狗放回箱子里。她端着水杯回来了，他把它接过来时，她松开了长袍，露出形似半只气球的乳房，还说她没法相信他只有十三岁。他一口气把水喝下去，正要把水杯递还给她，她却突然抱住他的头亲吻起来。在这个过程中，不知何故，他先前无法直视她的脸，此刻当他试图去看时，却看不清楚，只见一片模糊，还有头发。她把手伸下去，他的双腿后面开始痉挛。这种感觉越来越强烈，最后几乎就像他那次在试图拧下一只破裂的灯泡时碰到接口处的触电感觉。他记不得自己是如何倒在地毯上的——感觉就像一道瀑布兜头浇下来。他记得进入了她的炙热身体，头部咚咚地撞击着长沙发椅的椅子腿。当他意识到她没收他那三美元时，已经快要到教堂大道了，他得在这里转乘卡尔弗高架铁，他的腿上放着那个小纸板箱，里面装着一只汪汪轻吠的小狗，而他记不得自己几时同意要它来着。纸板箱上的指甲刮痕令他后脊背一阵阵发凉。这时，他记起来了，那个女人在箱子顶上切开了两个洞，小狗不断地把鼻子从里面探出来。

他解开绳子，小狗拱上来，汪汪地叫着爬出了箱子，他母亲跳起来，向后退去。“它要做什么？”她大声喊道，双手在空中挥舞，好像马上就要遭到袭击似的。他到现在已经不害怕那只小狗了，他把它抱在怀里，任由它舔他的脸颊，母亲见此情景，情绪平静了一点。“它饿不饿呀？”她问道。他把小狗重新放回地板上，她就站在那里，嘴巴微张，一副警觉的样子。他说小狗可能饿了，可他觉得它的小牙虽然像大头针一样尖利，但它只能吃些软食。她拿出一些软质奶酪，在地板上放了一小片，可小狗只是嗅了嗅，然后撒了一泡尿。“我的天哪！”她叫起来，连忙拿来一张报纸揩干净。在她那样弯下腰的时候，他想起了那个女人的灼热身体，羞愧地摇了摇头。突然，他想起了她的名字——露西尔——他们躺在地板上时她告诉过他。就在他要进入她的身体时，她睁开双眼说：“我的名字叫露西尔。”母亲取出前一天晚上吃剩的一碗面条来，放在地板上。小狗举起小爪子，把碗侧翻过去，碗底的鸡汤洒了一些出来。它开始如饥似渴地舔起地毡来。“它喜欢吃鸡汤！”母亲欢快地叫道，马上断定它很可能喜欢吃鸡蛋，于是便开始烧水。不知怎的，小狗知道自己应该跟的是她，就在她的身后走来走去，从炉子走到冰箱。“它跟着我呢！”母亲说着，开心地大笑起来。

第二天，在放学回家的路上，他在五金店停了一下，花上七十五美分买了一只狗项圈，施韦克尔特先生加送了一条晾衣绳做拴狗绳。每天晚上，将要入睡的时候，他都会回想起露西尔，就像从一只隐秘的百宝箱里取出什么似的，他在想自己敢不敢给她打电话，敢不敢再去找她呢？他给那只小狗取名叫做路宝①，它好像每天都会明显地长大一截，尽管它还是没有要长成斗牛犬的

---

① 此为音译，该词有“浪子”之意，但作为狗名不太贴切。

迹象。男孩的父亲认为路宝应该待在地窖里，可它在那下面十分孤独，不停地狂吠。“它想妈妈了。”母亲说，于是男孩每天晚上先是把它送下去，让它躺在一只旧洗衣桶里的破布条上，等它叫够了，男孩就被允许带它上来，让它在厨房里的一些破布条上睡下，大家都为这份安宁感到庆幸。母亲试图在他们住的这条安静街道上遛狗，可小狗总是把绳子缠到她脚腕上，由于担心会伤着它，她只好随着它忽左忽右地跑，累得筋疲力尽。这种情况并不总会发生，但是有很多次，男孩看着路宝，心里想着露西尔，几乎还能感受到那份燥热。他会坐在门廊的台阶上，抚摸着小狗想她，想着她的大腿内侧。他还是无法想象她的面孔，只能记起她的黑色长发和结实脖颈。

有一天，母亲烤了一个巧克力蛋糕，放在厨房的桌子上晾凉。它至少有八英寸厚，他知道一定很好吃。那时，他很爱画画，画的是一些勺子和叉子，或是香烟包装盒，偶尔也画母亲那只绘有龙图案的中式花瓶，还有任何形状有趣的东西。于是，他把那个蛋糕放在桌子旁边的一把椅子上，画了一会儿画，然后站起身来，到外面去做点什么，摆弄一下去年秋天种下的郁金香，它们才刚发芽吐蕊。接下来，他决定去找去年夏天不知错放在哪里的一只几乎全新的垒球，他可以肯定，或者说相当肯定，它就在地窖里的一个纸板箱里。他其实从未翻过箱底，因为他总是中途找到他忘记自己放在那里的其他物件，从而分了神。他正要从后门廊下面的室外入口下地窖去，却忽然注意到自己两年前种下的那棵梨树，一条嫩枝上隐约冒出了一个花骨朵。他很惊讶，同时也为自己的成功感到骄傲。这树是他花了三十五美分在宫廷街买的，另外还花三十美分买了一棵苹果树，种在大约七英尺开外的地方，为的是有朝一日能在它们中间挂上一张吊床。它们仍旧细小而稚嫩，可也许明年就能长成。他总喜欢盯着这两棵树看，因为是他亲自种的，他莫名其妙地感觉它们知道他在看自己，甚至会对他的目光做出回应。后院的尽头是一道十英尺长的木栅栏，围住了伊拉兹马斯球场，周末有些半职业和业余球队在那里打球，比如戴维之家、黑北方佬，还有萨奇·佩吉[①]参加的那支球队，此人以美国最伟大的投球手之一著称，只不过他是个黑鬼，显然不能在大联赛上打球。戴维之家的球员们都留着长长的络腮胡子——他始终不明白为什么，或许他们是正统派犹太教徒吧，尽管看外表不太像。越过右外场的一记超长罚球就能把球打进院子里来，现如今春天来了，天气正在转暖，他忽然想到要找找那只球。在地下室里，他找到了那只箱子，立刻惊讶地注意到他的冰刀有多锐利，记起他曾用一把老虎钳子把两只冰鞋夹在一起，这样就可以拿一块石头打磨两片刀刃了。他把一只磨损的外场员手套推到一边，他知道这副曲棍球守门员手套的另一只已经丢了，另外还有一些铅笔头、一袋蜡笔和一个拉拉绳子就会上下扇动手臂的小木头人。然后，他听见那只小狗在头顶上狂吠，但不是它平常发出的叫声——叫声持续不断，非常尖利洪亮。他跑上楼去，看见母亲正从二楼下来，走进客厅，她的睡袍飘在身后，脸上露出恐惧的神色。他能听见小狗的爪子在地毯上刮擦的

① 萨奇·佩吉（1906—1982），非洲裔美国人棒球选手，美国职业棒球大联盟史上曾出赛最老的球员。

声音，于是冲进厨房去。小狗正在绕着圈跑来跑去，发出尖叫声，男孩一眼看见它肚子胀得圆滚滚的。那个蛋糕在地板上，一大半已经没了。“我的蛋糕！”母亲大叫一声，捡起那只盛着残渣的盘子，高高举起，就像要躲避小狗上来抢似的，尽管它已所剩无几了。男孩试图捉住路宝，它却溜进了客厅。母亲在它身后大声喊道：“地毯呀！”路宝跑个不停，这里空间宽敞，它越跑，绕的圈越大，嘴上冒出白沫来。“叫警察来！”母亲叫道。突然，小狗侧身倒下，上气不接下气，每喘一口气便发出短促的尖叫声。由于他们以前从未养过狗，对兽医一无所知，他去查电话簿，找到美国防止虐待动物协会的电话号码打了过去。此时他不敢去碰路宝，因为手一伸过去，小狗就要咬它，它的嘴上吐着白沫。当厢式汽车在房前停下来时，男孩走了出去，看见一个年轻人正从车后门里取出一只小笼子。他告诉来人说这狗吃下了几乎一整个蛋糕，但是那人没兴趣，走进房子，站着看了路宝一会儿。路宝发出呜呜的低鸣，可还是侧身躺着。那人抛下一张网罩住小狗，就在他要把它塞进笼子里时，它奋力站起来要跑。“你看它是什么毛病？”母亲问道，充满厌恶地向下撇着嘴角，男孩自己此刻也感受到了这种情绪。“它的毛病是吃了一个蛋糕。”那人说道。然后他把笼子搬了出去，推进厢式汽车那黑洞洞的后门里。“你打算怎么处理它？”男孩问道。“你们还要它吗？”那人厉声喝道。母亲正好站在门廊上，听到了他们的谈话。“我们不能留它了，”她朝这边喊道，声音里流露出恐惧和决绝，并朝年轻人走过来，“我们不懂怎么养狗。也许有知道怎么养狗的人愿意要它。”年轻人漠然地点了点头，不置可否，钻进驾驶室，开车走了。

男孩和母亲一直目送着汽车消失在拐弯处。房子里重新恢复了死寂。他不必再担心路宝会在地毯上撒尿或者啃咬家具，也不必关心它有没有水喝、需不需要吃东西。他每天放学回来和早上醒来要做的第一件事就是找路宝，总是担心这狗会做什么惹父母不高兴的事情。现在，一切忧虑都烟消云散了，随之而去的还有乐趣，房子里一片沉寂。

他走回到厨房桌边，试图想出一些可画的东西。一把椅子上放着一份报纸，他打开来，看见上面有一只萨克斯[①]女式长筒袜，一名女子拉开睡袍展示大腿。他开始临摹它，又想起了露西尔。他心里在想，能不能打电话给她，再做一次他们做过的事呢？不过，她肯定会问起路宝，他就只能对她撒谎了。他记起她是如何把路宝搂在怀里，甚至吻它的鼻子。她其实很爱那只小狗。它已不在了，他怎么能告诉她呢？单单是坐在那里想她，他的下身就硬得像一只笤帚柄了。他突然想到一个主意，可不可以打电话给她，说他家人还想再养一只小狗给路宝做伴？可是，那他就不得不假装还留着路宝，这样就意味着要撒两次谎，有点恐怖哦。倒不是因为谎言本身，而是要记得几点：其一，他仍然养着路宝；其二，对于再养一只小狗，他是认真的；其三，最糟糕的事情是，在他从露西尔身上爬起来的时候，他不得不说，很遗憾他其实不能再养一只小狗了，因为……为什么？想到所有这些谎言，他便泄了气。然后他想象着自己再次进入她灼热的身体，感觉头都要炸开了，他忽然想到完事之后她可能会坚持让他再带

---

① 萨克斯第五大道精品百货店。

走一只小狗。这是强人所难。毕竟她没收他那三美元，路宝算是一件礼物，他这样想着。拒绝收下另一只小狗会让人难堪，尤其是她以为他回去找她就是为了这个缘故。整个过程他不敢再经历一回，于是就打消了这个念头。可他又一次想到她两腿张开、平躺在地板上的样子，便再次寻找理由来解释自己为何一路穿过布鲁克林区去买小狗，而临了却不肯带它走。他都能想象得出在他拒绝接受小狗时她脸上的神情，迷惑不解，抑或更为糟糕，怒气冲冲。对呀，她很可能会生气并且看穿他，意识到他来的目的只是为了进入她的身体，其余都是胡说八道，她可能会感到受了侮辱。甚至也许会扇他个耳光。那他该怎么办呢？他打不过一个成年女人。不过，他此刻忽然想到，她可能已经卖掉了其余那两只小狗，三美元的价格相当便宜呢。那又怎样？他开始思考，假如他打电话给她，只说要再过去看看她，不提小狗的事情呢？他只需撒一次谎，就说他还养着路宝，家人都很喜欢它，云云。他很容易记住这一套。为了定下神来，他走到钢琴边，弹了几支和弦，多半是阴郁的低音。他其实不怎么会弹琴，可他很喜欢编和弦，让那些共鸣震颤双臂。他弹着琴，感觉仿佛体内有什么被晃散了，或者干脆被震塌了。他与以前大不相同了，不再空虚，不再清白，而是沉甸甸地背负了那些秘密和自己的谎言，有一些是讲了出来的，还有一些是没有讲出来的，但所有这些都让人生厌，使他如今有些游离于家庭之外，待在一个他能观察他们，也能和他们一道观察自己的地方。他试图用右手创作一首小曲，同时用左手寻找相应的和弦伴奏。完全是靠着运气，他居然弹出了一些优美的音符。不可思议的是，他的和弦稍微有点跑调，略带不和谐的成分，却不知怎的，仍与右手弹出的旋律交相应和。母亲走进房间，满心讶异和欢喜。“这是怎么搞的？”她高兴地喊道。她会弹琴，也略通乐谱，以前试着教过他，却不成功，因为她觉得他的耳朵太好了，但他宁愿去弹奏他听到的声音，而不愿费力去读谱。她走到钢琴前，站在他身边，看着他的双手。她很是惊讶，一如既往地希望他是一名天才，她大笑起来。“这是你自己编的吗？”她几乎在大声喊叫，仿佛他们并排坐在一辆过山车上。他只能点头，不敢讲话，生怕失去他凭空捕捉到的音符。他随她一起大笑起来，因为他很高兴自己已经悄悄地变了，同时也不确定以后能否再一次像这样弹琴。

演　出

在我遇到哈罗德·梅时，他大概有三十五岁了。一头金发梳着整齐的中分发式，戴着一副角质框眼镜，一双圆溜溜的眼睛里透着一股孩子气，他外表酷似那个戴着眼镜、神情讶异的著名电影喜剧演员哈罗德·劳埃德①。如今，当我想起梅时，印象中的他面颊红润，身穿一套细白条纹的灰色西服，打着红蓝条纹相间的领结。他是一名舞者，身材修长匀称，脚步轻快，像其他许多舞者一样沉醉于自己的舞蹈艺术之中，或许可以说无法自拔。不管怎样，这就是他给我的最初印象。我记得我们在市中心一家兼卖杂货的药店里，当时在四十年代，这种药店会摆上几张桌子，人们可以坐在桌边喝苏打汽水，吃冰淇淋圣代，度过个把小时的闲暇时光。梅想要给我讲一个又长又复杂的故事，我一开始不太理解他为什么要费这个劲，但后来渐渐明白了，他是想引起我的兴趣，让我写一篇关于他的专题文章。我的老友拉尔夫·巴顿带他来见我，因为他觉得梅的离奇人生经历或许我能派上用场，尽管他知道我那时已不再从事新闻行业，也不再闲坐在药店和酒吧里

① 哈罗德·劳埃德（1893—1971），擅长表演各种惊险绝技，并以此作为笑料，如无声电影《高空眩晕》（1920）、《持续安全》（1923）和《大学新生》（1925）。

了。我已经成为一个小有名气的作家，陌生人在餐厅或是大街上贸然上前搭讪会令我感到难堪。这大约是在春季，第二次世界大战结束才刚两年。

那天下午，据哈罗德·梅讲述，他在三十年代中期工作时断时续，自编了一段踢踏舞，在皇宫戏院上演过两次。尽管他几乎总能在综艺节目中引起公众的热烈反响，但他从来都没能真正避开纽约市皇后区、俄亥俄州托莱多市、纽约州伊利市和托纳旺达市等地那些为数不多的忠实观众。“那些懂得如何把东西拼凑在一起的人，往往会喜欢看踢踏舞。”他说。令他高兴的是，几乎所有懂技术的工人都喜欢他的踢踏舞，尤其是钢铁工人，以及机械师和吹制玻璃的工匠。然而，到了一九三六年，哈罗德确信自己的事业已经碰到瓶颈，几乎没有上升空间了，为此感到十分沮丧，所以当他得到一个去匈牙利工作的机会时便立刻抓住了它，尽管他连那个国家在什么地方都说不好。过了不久，他了解到布达佩斯、布加勒斯特、雅典以及其他六个东欧城市有一个所谓的歌舞杂耍轮盘[①]演出，其中在维也纳的票房预售量很大，这会给他带来更多的演出机会。一旦得到公众认可，一个节目几乎可以常年演出，在许多俱乐部里不断循环上演。“他们不喜欢节目有太大的改变。”他说。然而，踢踏舞真正是一种新鲜玩意儿，以前在欧洲不为人所知；这是一种由南部的黑人发明的纯粹的美国舞蹈，如今许多欧洲人认为它体现着风趣乐观的美国格调，并且为之着迷。

---

① 此处可以理解为一种巡回演出的表演形式。

隔着白色大理石桌面的桌子，哈罗德向我解释说，他在歌舞杂耍轮盘工作了大约六到八个月的时间。“这份工作很稳定，收入也不错，在一些地方，比如保加利亚，我们简直就是明星了。有人邀请我们去几座城堡用晚餐，女人们对我们崇拜有加，还有好酒喝。我从来都没那么开心过。”他说。

他的小剧团成员包括他自己、两个男人、一个女人，以及一个临时的钢琴师，在一些地方还会请一支小型乐队。他为了事业四处奔波，却卓有成效。他那时还很年轻，而且未婚，之前的短暂人生全都仰仗着一双腿脚和鞋子，还有执着的明星梦，但现在的他却惊讶地发现自己很喜欢在巡回演出的那些城市里四处观光，道听途说地学上一些有关欧洲历史和艺术的零星知识。他毕业于埃文德子弟学校[①]，只有高中文凭，平时也从来无暇顾及下一场演出以外的事情，所以此次欧洲之行让他开了眼界，见识到一个他先前从未料想存在的往昔。

一天晚上，在布达佩斯，他正心满意足地坐在巴巴鲁俱乐部的破败的化妆间里卸妆，一位身材高大、穿着考究的绅士忽然出现在门口，他吃了一惊。此人微微欠身致意，用带有德国口音的英语做了自我介绍，然后十分恭敬地问能否占用梅几分钟的宝贵时间。哈罗德请他在一把破烂不堪的粉色绸缎椅子上就座。

这个德国人大约四十五岁，一头银发精心梳理过，泛着油光，身穿一套做工精细的绿色重磅西服，脚上是一双黑色的高帮皮鞋。他说他名叫达米安·富格勒，在德国驻布达佩斯领事馆担

① 纽约贫困地区的一所公立高中。

任文化官员。他讲的英语虽然带有口音，但准确无误。

“我已有幸观看过您的三场演出，”富格勒用抑扬顿挫的男中音开口说道，“首先我想向您这位出色的艺术家致敬。”此前还从没有人称呼哈罗德为艺术家。

“嗯，谢谢，”他费力地回答，“感谢夸奖。”我可以想象，受到这个足蹬高帮皮鞋的风度翩翩的欧洲人褒奖，这名来自俄亥俄州伯里亚市的年轻人面色绯红，肯定感到有些飘飘然了。

“本人也曾在斯图加特歌剧团工作，不过，我当然不是歌手，只是一个我们通常所说的‘跑龙套的’。那是很久以前的事了，我当时比现在年轻多了。”讲完自己年轻时候的笑话，富格勒宽容地笑了笑，“现在我要言归正传了——有人委托我邀请您去柏林表演，梅先生。我所在的部门将会支付您的交通费和住宿费。”

一个政府——随便什么政府——对踢踏舞感兴趣，这个消息令哈罗德激动得透不过气来，简直超乎他的想象。停顿了片刻，他方才回过味来；或者说，他起初甚至不敢相信这是真的。

“嗯，我真不知道该说什么了。比方说，我在哪里表演，是俱乐部，还是哪里？”

“是在奇克俱乐部。您肯定听说过吧？”

哈罗德听说奇克俱乐部是柏林最高级时尚的场所之一。他的心开始怦怦直跳。但先前的谈判经验提醒他，要先围绕这个提议兜兜圈子再说。“合约要订多久呢？”他问道。

“很可能只有一场演出。”

“一场？”

“我们只要求您演一场，但是您可以跟主管部门商量多安排几场，当然了，前提是他们想要您继续演下去。这一晚上的演出，我们打算付给您两千美元，不知您是否满意？”

一晚上两千美元！这都快赶上正常情况下的年收入了。哈罗德感到一阵头晕。他知道应该再问一些问题，但是问什么好呢？“您是？不好意思，您是做什么的来着？”

富格勒从胸前的口袋里取出一个漂亮的黑色皮质名片夹，递给哈罗德一张名片。他还没来得及仔细看，目光就被名片上那只爪子里牢牢紧抓“卍”字的鹰所吸引，这个鲜明的浮雕图案如同飞镖一般，瞬间插入他的脑海。

“我明天再回复您，可以吗？”他刚一开口，就立刻被富格勒那浑厚的男中音打断了。

“恐怕明天某个时辰，您就该离开这里了。我已经跟这里的经理们商量过与您解除合约的事了，假如您对此没有异议的话。”

与他解除合约！“我当时的感觉是，”他从面前那杯喝了一半的巧克力苏打水上抬起头来，对我说道，“那些身居要职的人竟然背着我，躲在什么地方议论我，这真有点匪夷所思，但也不免让我觉得自己很重要。”他说着便大笑起来，就像一个顽劣的少年。

“请问，为什么要这么急？”他问富格勒。

“我的上司过了星期四就没有时间看您的表演了，至少得过几个星期，或者有可能是几个月，其他的我恐怕不便多说，”他突然俯身凑上前来，脸几乎贴上哈罗德的手，压低了嗓音，“这会改变您的人生，梅先生。您无论如何都不能犹豫。”

受到那两千美元的诱惑，他不由自主地回答道：“好吧。”会谈从头到尾都很诡异，于是他立刻开始反悔，要求对方再多给点时间来做决定，可那个德国人已经走掉了。他看着手上那张五百美元的钞票，隐约想起那个带口音的男中音说："这是定金。那就柏林见！再见[①]。"

"签合约的事他连提都没提，"哈罗德对我们说，"只是留下了那笔定金。"

那一晚，他几乎没有睡觉，一直在责怪自己。"我总认为自己的命运由自己掌控，可这个富格勒却像一阵飓风一样把我卷进去了。"他说，眼下最让他心烦意乱的是，他竟然应下了那场演出。这到底是怎么一回事？"在过去的几个月里，我已经习惯了不去费心理解周围发生的一切——我是说，对于匈牙利语、罗马尼亚语、保加利亚语以及德语，我完全一无所知——可是要表演什么呢？我完全想不出会是什么结果。"

为什么要那么急呢？"我想不通这是怎么回事，"他说，"我向上帝起誓，我多么希望我没收那笔钱。但同时，我又忍不住地好奇。"

剧团的人听说要离开巴尔干半岛，并且会分到一部分定金，都十分欢喜，他的焦虑这才有所缓解。在北上的火车上，他们欢腾雀跃，这趟荒唐的旅行也让他们心神不宁。柏林是欧洲的首都，地位仅次于巴黎，能去那里演出就如同奔赴一场盛宴。哈罗德点了香槟和牛排，坐在剧团的舞蹈演员身边，试图放松心情，消除内心的焦虑。火车一路咣当咣当地向北进发，他想到当

① 原文为德语。

时纽约受到美国经济萧条的持续影响，失业人员排起了一条条长龙，自己倘若留在纽约也很可能面临这种惨淡光景，便不禁感到幸运。

火车在德国边境停站后，一名军官打开了他所在包厢的车门，他和跟他共事时间最久的本尼·沃斯以及两个罗马尼亚人共用这个包厢，那两个罗马尼亚人一路上几乎一直在睡觉，但偶尔也会醒过来，微微一笑，然后重又进入他们的梦乡。哈罗德觉得那名军官在打开他的护照时面带愠色。在这次旅途中，此前他也曾多次被边境卫兵怒目而视，但这个德国人的态度却触动了他身体深处的某种东西。这比他忽然想起自己是个犹太人的事实还更可怕；在此之前，他其实从未觉得自己的犹太人身份有什么问题，尤其是他长着金色头发、蓝色眼睛，而且生性乐观，所以从未招来这个时代对待犹太人的惯常反应。相反，到目前为止，他已经努力全部忘掉了大约一年前读到的关于年轻的德国政府如何召集反犹太人集会、迫使犹太人关张失业、关闭犹太教堂并使许多犹太人被迫移居国外的那些故事。另一方面，自称共产党员的本尼·沃斯知晓各种类似《纽约时报》等的常规报纸从不报道的消息，他告诉哈罗德说纳粹党这一年来一直禁止公开反犹太人的信息，不想在那些来参加奥运会的游客中留下恶名。无论怎样，这一切都没有影响到哈罗德的个人生活。“我也听说了罗马尼亚发生的一些恶行事件，但并没有亲眼目睹，所以也就没把这些放在心上。”他解释道。这一点我能理解，因为他毕竟跟观众没有语言交流，也看不懂当地报纸，所以他去演出的城市里真实发生的一切笼罩着一层朦朦胧胧的隔膜。

他说，事实上，他对希特勒的唯一清晰印象来自一则新闻短片，那是在几个月前的奥运会上，黑人跑步运动员杰西·欧文斯登上领奖台领取第四块金牌，希特勒走出了会场。“这有悖于运动精神，”他说，“但我们要面对现实，因为这样的事情在很多地方都可能发生。”而事实是，哈罗德几乎无暇关注政治。他的生活里只有踢踏舞，他关心的只是如何搞定下一个新节目，如何保证餐桌上总有可吃的食物，如何防止他的小剧团解散，以便不必在日常表演之余被迫训练新演员。当然了，他口袋里揣着美国护照，在最糟糕的情况下可以随时卷铺盖走人，回到巴尔干半岛，或者干脆回家去。

星期二晚上，他们到达了柏林，一下火车就看到了两个来接站的人，一个穿着类似于富格勒，只是西装是蓝色而不是绿色，另一个身穿翻领上滚着白边的黑色制服。“富格勒先生正在恭候大驾。”穿制服的那人说道。从这句话里，哈罗德一下子察觉到自己的重要地位，几乎难以抑制内心的激动；通常情况下，他和他的小剧团一下火车就要一边拖着沉重的皮箱，一边操着蹩脚的外语艰难地指挥搬运工，招呼出租车，还总是会赶上下雨天。这一次，他们被请上了一辆梅赛德斯奔驰，车子稳稳地开向柏林最好的，甚至可能是全欧洲最好的酒店——艾德龙酒店。他独自一人在房间里用过牡蛎、炖小牛肘、土豆薄饼以及雷司令白葡萄酒的晚餐后，内心的疑惧完全消失了，取而代之的是盘算着该如何花掉新挣到的这笔钱，而且他也做好开工的准备了。

转天早上，哈罗德正在吃早餐，富格勒来了，在房间里坐了几分钟。他说，他们要在半夜演出，当晚八点之前他们可以在俱乐部里排练，八点钟就要开始日常的表演了。富格勒略微比先前兴奋。“他看上去仿佛随时会给我一个拥抱。”哈罗德说道。

“我和富格勒一直相处得很好，”哈罗德说，“所以我觉得这个时候可以问一下晚上我们要为什么人表演了。可他只是笑了笑，说出于安全考虑，这个信息他不方便透露，并且希望我能予以理解。老实说，本尼·沃斯曾提过温莎公爵正在柏林，所以我们怀疑会不会就是他，因为他和希特勒私交甚密。”

吃罢早餐，他们驱车前往俱乐部，在那里遇见了俱乐部的六人室内乐队，乐队里唯一一位五十岁以下的成员是一个名叫穆罕默德的叙利亚钢琴师。这是一个机敏的小伙子，棕色的手指格外修长，上面戴满了戒指。他会说一点英语，把哈罗德的话翻译给乐队的其他成员听。作为翻译的权威令穆罕默德沾沾自喜，他开始报复其他乐手，他们都是德国人，在过去几个月里他一直试图让他们跟上节奏，但都是徒劳。他们知道《史瓦尼河》这首曲子，哈罗德就让他们试着用它来伴奏，可他们却懒懒散散的，简直不可救药，他于是尽可能以不伤和气的方式赶走了小提琴手和手风琴师，跟鼓手和钢琴师一起合作，效果还算说得过去。中午时分，侍者和厨房帮工陆续到来，他在排练剧团剧目时便有了一群大惊小怪的观众，身边都是打磨得发亮的银质器皿。在一群鼓掌喝彩的侍者面前跳舞，这还是头一次，剧团上下都开始感到欢欣鼓舞。他们在那个空房间里吃了一顿烤鳟鱼午餐，以红酒佐餐又是一个头一次，还有现烤的面包卷、巧克力蛋糕和美味的咖啡。到了两点半，他们虽然都还能站起来，却已然昏昏欲睡了。

一辆小轿车送他们回艾德龙酒店小憩。晚饭会在俱乐部吃，自然是免费的。

演出之前哈罗德通常都要洗个热水澡，这次他在六脚大理石浴缸里一动不动地躺了很久。“水龙头是镀金的，浴巾有好几米长。”酒店的侍者对他和剧团表现出前所未有的恭敬，他不禁怀疑今晚的观众可能是一些级别很高的纳粹党政治领袖。希特勒本人？他祈祷不是这样。他先前没有坚持问清楚到底是为谁表演，此时正为自己的愚蠢而懊恼。他本该在富格勒说是一次专场演出时就想到这个问题的。在我看来，哈罗德一生的祸根就是胆小怯懦，它又一次干扰了他的正常思维。他慢慢地将身子滑入浴缸，直到水漫过头部，他说当时想过就这么溺死算了，可终究还是断了这个念头。要是他们发现他是犹太人会怎样呢？年初在报纸上看到的犹太人遭受迫害的图片顿时从尘封的记忆深处浮现出来。但是，他们不可能对一个美国人怎么样。他一边庆幸自己有美国护照，一边水淋淋地从浴缸里走出来，满怀恐惧地确认护照还在他的夹克口袋里。马上就要为大人物演出了，可他却没有欢欣的期待，紧贴着肌肤的长毛绒浴巾使他内心的焦虑显得愈发荒唐了。他站在绸缎窗帘遮蔽的高大窗户跟前，一边打着领结，一边注视着楼下车水马龙的大街，注视着这座现代化的城市——穿戴精致的人们驻足于商店橱窗边，互相招呼寒暄，脱帽致敬，站在那里等红灯——他感到自身处境的荒诞性。他就像是一只受惊吓的猫，一察觉到危险的兆头便仓皇上树，可实际上那可能只是在微风中啪啪作响的雨篷。“我仍然记得本尼·沃斯说过，纳粹的时日不多了，因为工人们很快就会将他们轰下台——因此还是有希望的。”

他决定将整个剧团召集到他的化妆间。保尔·加纳和本尼·沃斯穿着燕尾服，卡罗尔·康韦穿着薄如蝉翼的鲜红衣裳，他们每个人都有点紧张不安，因为哈罗德还从来没有在演出之前召集开会的先例。“我不敢确定，但我猜我们今晚是为希特勒先生演出。”成名的喜悦令他们情绪高涨。本尼·沃斯天生就有良好的团队精神，他那低沉沙哑的声音穿透雪茄烟雾：“不必担心那个混蛋。”他紧握有力的右拳，手指上的钻戒一闪，他曾多次用它打伤过好事之徒。

爱哭的卡罗尔眼睛里闪着泪光，几乎要落下泪来。“他们知道你是——”

“不知道。”他立刻打断她的话头。“明天我们就离开这里回布达佩斯去了。我只是不想让你们措手不及——万一你们看见他坐在下面呢。大家像往常那样表演就可以了，明天我们就又上路了。”

夜总会的圆形舞台上方悬挂着一盏巨大的枝形吊灯，闪烁不定的刺目灯光令哈罗德焦躁不安，跳舞时头顶上方悬挂的任何物件都会让他心存疑虑。粉红色的壁纸是以荒野为主题的图案，桌面是草绿色的。他们透过管弦乐队背后的窥视孔朝外张望，到了午夜时分，俱乐部经理比克斯先生准时让乐队停止演奏，走到舞台中央，为打断舞会而向室内拥挤的人群道歉，并为客人们今晚能来到俱乐部而表示感谢，同时也宣布，“职责”所迫，他现在不得不请大家离开。由于营业时间通常一直到凌晨两点钟，大家都猜测今晚出现了紧急情况，而且他用到了“职责”这个词，这紧急情况想必与政府有关。因此，几百名客人虽低声咕哝着表示惊讶，可还是收拾好自己的私人物品，鱼贯而出。

有些客人步行离开，有些上了出租车，街头流浪汉则站在路边观望。那辆著名的加长梅赛德斯奔驰出现在街面上，拐进俱乐部旁边的小巷里，前后共有三四辆载满男士的黑色轿车，他们顿时肃然起敬。

透过窥视孔，哈罗德和剧团的其他成员惊奇地看到大约有二十多个身穿制服的军官簇拥着元首走进了大厅。元首的桌子已被移到距舞台不到十二英尺的地方。同他一起就座的是一眼就能认出来的大胖子戈林[①]，还有另外一个军官，以及富格勒。“事实上，他们都是大块头的男人，至少穿起制服来是这样的。”哈罗德说道。侍者们开始给他们斟水，这让哈罗德这个几乎滴酒不沾的人想起来希特勒据称是素食主义者。奇克俱乐部的经理比克斯一直在后台跑上跑下，此刻拍了拍哈罗德的肩膀。穆罕默德一改惯常的懈怠姿态，挺直了腰杆坐在钢琴键盘前，在得到比克斯的示意后便用戴戒指的手指弹起了《鸳鸯茶》[②]，鼓手随着节拍给他伴奏，然后哈罗德登台。这支舞的舞步再简单不过了，哈罗德独自跳软底鞋踢踏舞，然后转为曳步舞，当第三段副歌响起时，沃斯和加纳分别从左右两侧跳着阔步舞上台，最后是卡罗尔扮作一个快乐的妖娆女子，围着不断变化的队列欢快而灵巧地起舞。他

---

① 赫尔曼·威廉·戈林（1893—1946），纳粹德国的帝国元帅，纳粹党的第二号要人，德国侵略战争的元凶之一。

② 经典爵士钢琴曲。

们的队形时而合拢，时而散开，最后又再次合拢。在不到一分钟的时间里，哈罗德惊讶地瞥见希特勒那张令人畏惧的脸上竟然出现了一种高深莫测的惊喜表情。整个剧团随后一起顿足，鞋子急速敲打着舞台地板，希特勒此刻看上去呆若木鸡，完全沉浸在轰隆隆的节奏之中了，两只紧握的拳头按着桌面，脖子伸得很长，嘴巴微微张开。“我还以为我们在看着他经历一次性高潮呢。”哈罗德说。戈林“变得像一个肥嘟嘟的小婴儿”，手掌轻拍桌面，间或还以他那居高临下的姿态开怀大笑。自然，他们的随从官员见上司们显然很赞赏这些演员，便也放松下来，哈哈大笑，比着看谁能最大限度地表现出尽兴的样子。哈罗德不由自主地体会到了胜利的喜悦，于是跳得更加起劲了。虽然先前一直惶恐不安，但此时观众那不加掩饰的赞赏令他惊讶，驱散了他内心残存的那一丝拘谨，他的灵魂完全被艺术的力量所占据。

“你情不自禁地觉得自己很棒，”哈罗德说着，涨红了脸，露出一种尴尬中夹杂着胜利喜悦的复杂表情，“我是说，你要是看见希特勒的那种狂乱的发作，他就像是……我不敢肯定……一个女孩子。我知道这听起来荒唐，但他看上去几近脆弱，虽然样子有些可怕。”我想他对自己的这种解释并不满意，但是他突然扔下话头，说道：“无论如何，他们的情绪完全在我们的掌控之中，这种感觉真他妈的美妙，尤其是在被吓个半死之后。”他莫名其妙地干笑了两声。

元首越来越沉醉于表演，在他的要求下，他们重复跳了三次，整场演出持续了近两个小时。在剧团鞠躬谢幕时，希特勒眼里闪着光芒，从椅子上站起身来，向他们微微颔首，以示嘉许，然后坐了下去，重又恢复了他那至高无上的权威。富格勒与他凑在一起窃窃私语。房间里鸦雀无声，大家手足无措。随员们用手拉扯着桌布，小口小口地喝水，目光游移不定。剧团演员们站在舞台上，双脚交替支撑着身体。几分钟之后，沃斯默默地朝后台走去，表示抗议，但是比克斯飞快地跑过去，把他重新拉回台前。希特勒显然与富格勒相谈甚欢，一再用手指向哈罗德，他正和剧团其他人一起站在几英尺开外等候。舞蹈演员们双手放在背后，十指相扣。卡罗尔·康韦有点害怕，虽然心存戒备，却不停地朝那群身着制服的男人点头致意，卖弄风情地挑动着眉毛，那些人也殷勤地报以微笑。

过了十几分钟，富格勒示意哈罗德坐到他们的桌边来。富格勒的手在颤抖，嘴唇干裂，眼神像梦游者般茫然凝滞；在此人今晚取得的巨大成功中，哈罗德看到了希特勒所施加的火山爆发般的强大权力，于是再次感到了深深的恐惧，并为自己能驯服它而感到骄傲。“你可以隔着老远朝他大笑，”哈罗德这样评价希特勒，“但是我告诉你，走到近前，要是他喜欢你，你会感觉更加开心。”说完他自己也笑了，但我却从他青春幼稚的脸上看到了一丝痛苦。

富格勒清了清嗓子，朝哈罗德转过脸来，态度极为庄重。“明天早上我们再详谈，但希特勒先生有个提议……”据哈罗德说，富格勒此时稍作停顿，脑子里认真地想了一下该如何转达希特勒的意思。希特勒迅速戴上一双褐色软皮手套，激动而紧张地看着他。“设想是这样的，他希望你能在柏林这里创办一所学校，教德国人跳踢踏舞。根据他的构想，这所学校将隶属于一个新的政府部门，而他希望由你来主管这个部门，直到你培训出一个可以接替你位置的人。你的舞蹈给他留下了深刻的印象。他相信舞蹈中所包含的健康活力的舞步、严明的纪律以及质朴无华的个性将会非常有益于德国人民的身心健康。他预言以后全国各地将会有几百乃至几千名德国人同时在礼堂里或露天体育场上一起跳舞。这很能鼓舞人心。它不仅能提高德国人民的健康标准，而且能强化德国人民之间的钢铁联盟。还有其他一些细节，但这就是元首讲话的主旨。”

讲完这番话，富格勒以军人特有的严肃姿态向希特勒示意，希特勒起身向哈罗德伸出一只戴着手套的手，哈罗德赶忙站起来，紧张得一句话都说不出来。希特勒离开桌子，向外迈了一步，突然又像只小鸟一样转头回来，紧抿双唇，朝哈罗德微微一笑，然后便离开了。他的一队随员紧跟其后，靴子有节奏地踏得木质地板咚咚作响。

说起这些，哈罗德·梅当然会不时大笑起来，但其他时候，我还是能感觉到他仍旧念念不忘故事中隐约流露出的那种巨大的殊荣。讲述其时希特勒才刚死去两年，笼罩在我们所有人头顶上长达十多年之久的恐怖统治并未消失殆尽。可以说，他迫害致死的那些人仍然尸骨未寒。希特勒生前一直都令人生厌，他的死亡让我们都感到宽慰，他的存在就像一种疾病，我们需要集中精力花上很长的时间才能治愈，它不会迅速消失。一想到他竟会沉醉于哈罗德的表演并且表现出人性的一面，甚至还有自己的艺术追求，我们觉得不舒服。虽不自在，可我还是听哈罗德继续讲下去。他此时跟刚开始的时候看上去有些不同，在讲故事的过程中仿佛衰老了许多。

“第二天早晨，富格勒过来跟我一起吃早餐，”哈罗德说，“但他像是完全变了一个人。该死的元首分配给我一个部门！而且是亲自下的指示！我的演出成功也使富格勒在政界的地位提升了几级，因为这次试演完全是他的主意。所以，我们两个都一步登天，成了大人物。当我们谈及接下来的一些安排时，富格勒激动得坐立不安。由于我是直接受命于最高统帅，我可以在柏林随意选址建校，其他部门很快就会有人来跟我谈薪酬，但他觉得我拿到至少一万五千马克的年薪也是有可能的。我激动得差一点跌倒，因为一辆凯迪拉克当时价格大约一千马克。一万五千是一笔巨额收入。我已经突破极限了。”

他接着说，既可以建立一所学校，又可以拿到一笔丰厚薪酬，他陷入了进退两难的境地。当然，他也可以干脆离开这个国家，但这就意味着放弃一大笔钱财，而这笔钱足够给自己买房买车，或许还可以严肃地考虑找一个女孩结婚的事情。此时，他开始试图更加深入地解释自己当时的想法。“我在做重大决定时总是很纠结，”他对我说，“当然，希特勒在位的时间只有几年，尽管我们已经知道他的所作所为恶贯满盈，但是有关集中营及其他事情的真相当时还没有公之于众。我并不是在给自己找借口，我只是无法诚实地回答是或否。我的意思是，回巴尔干并不像回好莱坞，而在美国四处漂泊是我再也不想过的生活。”

“你是说你接受了他的提议？”我朝他尴尬地笑了笑，这么问道。

“连着几天我什么事都没做，只是在城里到处闲逛。没有人打搅我。我手下的演员都在柏林尽兴地玩乐，我不知道，我想我把所有的时间都用来弄清自己内心的想法了。我是说，假如你在柏林四处游荡，那就没有什么事发生。与伦敦和巴黎相比，柏林除了更干净一些，其他相差无几。不过，或许你会注意到，到处都有更多身穿制服的人，”他直视着我说，“我是说，这就是当时的情况。”

“我理解。”我说。但是，希特勒实在是一个恐怖的人；凡是他或者他统治下的柏林所欣赏的事物，我都不敢苟同，哪怕那与他的天性完全相悖。也许正是这个想法使我第一次开始怀疑起哈罗德是不是做了某些天理难容的事，比方说……爱上了那个恶魔？

透过药店的窗户，哈罗德向外凝视着街道。我有一种感觉，他还没有意识到其他人听了这个故事会作何感想。这要部分归因于四十年代末特有的人格；对于一些人来说，空气中仍然回响着战时的反法西斯英雄主义，但这绝不适用于每个人；在巴黎的街角，人们仍在建筑物上用水泥浇筑石匾，用以纪念一些在反法西斯战役中被德国人当场射杀的法国男女所表现出的英雄气概。但是，当然了，大部分人对这些仪式及其道德和政治意义都不加理睬，哈罗德大概就是其中一员。

“继续说，”我说，“后来怎样了呢？这个故事很精彩。”我尽量以亲切的口吻宽慰他。

由于我的认可，他似乎更坦率了些。“嗯，”他说，“大约过了四五天，富格勒又出现了。”

富格勒仍然容光焕发。他们就在哪里建校以及如何建校展开讨论。“然后，”哈罗德说，“他若无其事地告诉我，按照惯例，每一位文化官员自然都要通过一个‘种族认证项目’的考核。”哈罗德又嘲讽地笑着说道：“我不得不接受检查，确认是非犹太人。”他要在富格勒的陪伴下前往马丁·齐格勒教授的实验室接受一个常规的检查。

听到这个消息后，哈罗德发现自己的处境更加艰难了。“这个很难讲清楚，我早就知道这场交易的结果就是我最终不得不离开德国。具体到何时离开和怎样离开，我不知道。但是，被检查这件事似乎将我置于一个困境。因为那样的话，我肯定要欺骗他们。我是说，他们肯定会在这件事上大做文章，断定我是敌人，不管我有没有美国护照，他们都会采取一定的措施来对付我。我都能闻到空气中的暴力气息。”

然而，他没有逃走。“我不知道，”当我追问原因时，他回答说，“我想我当时只是想看看会发生什么事情吧。而且，瞧，我并不否认，那笔钱已经深深地打动了我。尽管——”他再一次打住话头，对这种解释不甚满意。

无论如何，当他坐进富格勒的车里时，他便开始担心自己可能会更容易受到伤害，因为希特勒本人已经注意到他并表示友好。“那就像是……我不知道，就像是他在监视我。也许是因为我们见过面，我还跟他握过手。”他说道，仿佛在暗示他对希特勒还隐约怀有一种感激之情，毕竟希特勒将要成为他生命中的贵人——尽管是在他的误导之下。

此刻，我看着哈罗德，觉得事情变得简单起来；他内心肯定交织着错综复杂的情绪，但我想我看到了复杂表象下的一条清晰脉络——希特勒由衷地敬重他，甚至可以说爱上了他，或者至少是他的才华，其热切程度超过了任何人在任何其他地方的表现。我怀疑那场表演是他表演生涯的至高点，甚至是他人生的至高点，他吞下了这只鱼钩，至今仍然不愿意将它吐出来。毕竟，他从未成为明星，很可能以后再也没有机会去感受那种令人陶醉的灯光照在他脸颊上的炽热。

在乘车去接受检查的路上，哈罗德坐在富格勒身旁，眼睛看着车窗外面的壮观城市以及大街上人们所做的那些平常事，他突然觉得自己所见到的一切似乎都有意义，突然就像是一幅画，仿佛都意味着什么。但是什么呢？“你不得不怀疑，”他说，“他们都有这种感觉吗？就像是在玻璃鱼缸里，上面有人正在俯视众生，而他关心这一切？”

我不敢相信我的耳朵——希特勒关心这一切？

此时，哈罗德的眼睛里泪水满盈。他说当他看见富格勒舒舒服服地坐在身边抽着英国雪茄，然后再看到街上的人们，“一切都他妈的那么正常。或许这正是可怕的地方。这就像你在梦中就要淹死，而几米开外的沙滩上人们却在打扑克。我是说，我坐在车里去体检，有人要测量鼻子的长度，检查阴茎的状况，这件事再正常不过了。我是说，这些人不是他妈的不食人间烟火的疯子，这些人家里都有冰箱。”

我第一次从他的语气中感受到愤怒，但我想他并不是特别针对德国人的。确切地说，令他愤怒的是某个无法用语言确切表述的超常情境。当然，他的鼻子很小，是扁平鼻子，接受割礼当时在德国已经很普遍了，所以他根本不怕体检。这时，他仿佛读懂了我的心思，补充道："不是我害怕体检，而是……我说不清楚……我怎么就卷进这种烂摊子了呢——"他又一次说不下去了，我想他大概是又对自己的说法不满意了吧。

优生学教授齐格勒的办公室在一座现代化的大楼里，办公室里间四壁都是书架，玻璃拉门后摆满了厚重的医学书籍和石膏人头像——中国人、非洲人、欧洲人。哈罗德环顾四周，感觉像是被死去的观众包围起来。教授身材瘦小，近视眼，擅长谄媚逢迎，他的身高还不到哈罗德的腋窝，急忙迎上前，将他引到椅子上就座，富格勒则在外间等候。教授一边在铺着白色油毡地毯的地板上啪嗒啪嗒地四处走动，取来笔记本、铅笔和自来水笔，一边宽慰他说："只要几分钟就结束了。这的确激动人心啊，你的学校。"

教授面对哈罗德在一张高凳上坐下，腿上放着笔记本，满意地记录下哈罗德的眼睛是蓝色，头发是金色，然后抬起他的手掌，显然是在寻找某种可以说明问题的东西，最后说道："我们还要测量一些数据。"他从书桌抽屉里拿出一把黄铜卡尺，一端卡在哈罗德的下颌，另一端卡在他的头顶，记下它们之间的距离。然后又分别测量了他的面颊骨宽度、鼻梁到额头的距离、嘴巴和下颌的宽度、鼻子和耳朵的长度以及它们到鼻尖和头顶的距离。他把每个数据仔细地标记在一个皮质封面的笔记本上，哈罗德此时坐在那里，盘算着如何在不被人发现的情况下搞到一份列车时刻表，以及如何制造一个当晚不得不去巴黎的合理借口。

整个过程花费了大约一个小时，其中包括检查阴茎的时间，尽管它割除了包皮，但教授没有表现出什么特别的兴趣，只是挑剔地扬起了一条眉毛，倾身凑上前盯着它看了一会，“就好像面前是一只嘴里衔着虫子的小鸟”。哈罗德大笑起来。最后，教授从书桌上摊开的那些笔记上抬起头来，声音里明显流露出专业化的自我欣赏，宣布道：“我的结论四【是】，你是一个身强体健的、颇为典型的雅利安人，我衷心地祝福你早日层【成】功。”

在这一点上，富格勒当然从未有过半点怀疑，尤其是在那时，因为他已被政府授予了这个空前绝后的项目的创始人称号。哈罗德模仿着富格勒的油滑腔调讲述说，在回去的路上，富格勒对踢踏舞在德国的前景狂热地大唱颂歌，他相信踢踏舞将会“把德国变成一个既有生产者和士兵，又有代表着最为高尚、最为不朽的人类灵魂的艺术家的国度”，云云。他扭头对身边的哈罗德说：“我必须要告诉你——现在可以直呼你哈罗德了吧？”

“当然可以。”

“哈罗德，这次冒险——请允许我这么说——结果大获全胜，让我体会到一个艺术家完成一部作品、一幅画或是其他艺术品时的感受。那就是他已经使自己名垂青史了。我这么说希望不会让你觉得尴尬。”

“不——不。我明白你的意思。”哈罗德说，但他显然心不在焉。

回到酒店后，哈罗德发现剧团的其他成员都聚在他的房间里，他向他们打了个招呼。他脸色惨白，惊魂未定。他让那三个舞蹈演员坐下，然后说：“我们得走了。”

康韦说：“你还好吧？你看上去脸色苍白。”

“收拾行李吧。今晚五点有趟火车。我们还有一个半小时。我母亲在巴黎病危了。”

本尼·沃斯眉毛上扬。“你母亲在巴黎?”然后他看到了哈罗德脸上的神情，便跟另外两个舞蹈演员不发一言地离开，匆匆回到各自的房间收拾行李去了。

不出哈罗德所料，富格勒没那么轻易就放弃。“酒店职员肯定给他打了电话，”哈罗德说，“因为我们还没来得及交还钥匙，富格勒就来了，扫视着我们的行李，脸上一副大祸临头的表情。”

“你们这是在做什么?不能就这么走吧，”富格勒说，“出了什么事?元首肯定会邀请你们共进晚餐。这可是不能拒绝的。”

康韦碰巧站在近旁，她迈步走到富格勒身边。由于害怕，她的声音抬高了四度。“你难道没看见吗?他母亲快死了，他正担心呢。她还不算老，所以肯定是遭遇了不测。”

“我可以给驻巴黎大使馆打电话。他们会派人过去的。你们必须留下来!这太过分了!她的地址呢?拜托了，你一定要告诉我她的地址，我保证一定会请医生过去照看她。这行不通的，梅先生!希特勒先生一生从未表现出如此……”

“我是犹太人。”哈罗德说。

“他是怎么回答的?”我惊讶地问道。

哈罗德抬起头，被我的兴奋所感染。我不禁在想，是不是到了故事的高潮部分——他就要描述如何不仅逃离了德国，而且还切断了与希特勒的联系。他咧着嘴不停在笑，青春的面孔上洋溢着喜悦，一直到头发的分缝处都变红了。

“富格勒说：‘你好?’”

“你好！”我几乎大叫起来，对此大惑不解。

“他就是这么说的。‘你好？’他退后半步，就像胸口突然被压缩气团堵住了似的，然后伸出手来，又说了一遍‘你好？’他目瞪口呆，脸色煞白。我以为他就要昏过去，或是拉裤子。我觉得有点对不起他……我甚至还跟他握了握手。我看他一脸惶恐，就像见鬼了一样。”

“他说‘你好？’是什么意思？”我问道。

“我也一直不太确定，”哈罗德说着，变得严肃起来，“我想了又想。他当时的表情就好像我是从天花板上落到他跟前一样。他绝对被吓到了。绝对的。我是说，真吓得够呛。这我能理解，因为他把一个犹太人带到了希特勒面前。犹太人对他们来说就像是一种疾病，对此我一直不能理解，直到后来才明白是怎么一回事。但我想肯定还有其他的事情才让他吓成那样。”

他停顿片刻，目光凝视着喝完汽水的空杯子。透过窗户，我看见上班族已经开始涌向人行道；这一天即将结束了。“回想起我们在布达佩斯第一次见面时的情形，我想他可能觉得，你知道的，与我的关系十分亲近。我不是指性方面，我的意思是，我就像他的一块敲门砖，能让他面对面地接近希特勒，因为只有大人物才能有那样的机会。此外更重要的是，我知道他已经在那所新学校里为自己谋划好了一个要职。我是说，我已经在某个方面获得了权力，在他带我去教授那里认证时我就开始注意到了，富格勒在车上对待我的方式就好像我在他之上。而在教授出来后告诉他我是合格人选时，他的态度就已经发生了改变，就像是他听命于我。真是有点可悲。”

“听着，”哈罗德继续说道，“这是在我们了解到那些集中营和其他细节之前发生的。”然后，他又停了下来。

“你是什么意思？”我问道。

“没什么。我只是想说……”他讲不下去了。过了一会儿，他看着我说：“说实话，富格勒他人并不坏。只是疯了。他们都疯了。整个国家都疯了。坦率地讲，也许每个国家都疯了。在一定程度上吧。我看到柏林现在被炸成了废墟，地面上一片狼藉，我想到当时柏林的人行道上连一张糖纸都没有，你会反问自己，这一切怎么可能发生？是什么把他们变成了那样？肯定是有原因的。是什么呢？”

他又停了下来。“我并不是在为他们辩解，但是，当他仿佛从未见过我似的说‘你好？’时，我心里想，这些人绝对是生活在梦里。然后突然就出现了我这个犹太猪，而他本来还觉得我人模狗样的呢。我觉得，可以说是一个梦屠杀了四千万人，可它终究还是梦。说实话，我的意思是，我觉得我们都——生活在一个梦里。自从离开德国以后，我一直都在思考这个问题。我回到家已经十多年了，到现在我还在思考。我是说，没有人会像德国人那样注重细节。讲求实际的人们，专注于他们生活中的细枝末节。可他们却因为做梦而把自己投入了一堆碎石瓦砾之中。”

他瞟了一眼窗外的大街。“当你走在这个城市里，你总会情不自禁地想，我们会有什么不同吗？或许我们也被一个梦魇住了。”他指着沿街行走的人群说，“他们的所思所想，他们的信仰学说。谁知道有多么真实呢？现在对我来说，我们无异于行走的歌曲、行走的小说，只有当命案发生时这一切才看似真实。”我们都沉默了一会，然后我问道："最后你安然离开了德国？"

"哦，那当然。他们很可能巴不得我们悄悄离开，不要给公众造成负面影响。我们回到布达佩斯，然后继续我们的巡回演出，直到德国军队攻占了布拉格，此后我们就回国了。"他靠在椅背上，准备站起身来。半小时之前我们刚刚碰面时，他显得那么年轻，那么平凡，就像一个刚从农村出来的小伙子，此刻我突然意识到这只是假象，实际上他眼睛周围的皱纹暴露出沧桑坎坷。他伸出手，我握了握他的手。"要是你喜欢我的故事，就派上点用场吧，"他说，"我想让人们知道。或许你最终能够理解其中的奥妙——请便吧。"说完，他站起来，走了出去。

我再也没有见过他，可是过去五十年来，这个故事却成百上千次地浮现在我的脑海里，出于某种原因我一再把它压了下来。或许是因为我更愿意思考那些积极向上、充满希望的事情吧。这当然也算是一种梦想。我还是愿意相信梦想会结出许多美好的果实来。

海　狸

池塘通常如一杯水般沉寂；当男人走近时，它发出泼剌一声响动。那巨大的水花远不是鱼和跳蛙所能发出的。随即池塘又一平如展，恢复了镜面似的平静。男人等在那里，却只有一片寂静。他沿着塘边走动，观察蛛丝马迹，然后停下来侧耳倾听。他发现远处的池塘边有一个树墩，走到跟前看见是一棵倒卧的杨树，树梢和树干都有被啮咬过的痕迹。是海狸，偷偷前来侵犯他的私人领地的不速之客。他仔细审视着塘边，一夜之间就有六棵树被啃倒了。再过二十四小时，池塘那一边的坡地就会开始变成荒地。再假以时日，这里就会像被推土机碾过一般，池塘周围生长多年的一片可爱的小树林将要悉数尽毁。很久以前，他便对惠特尔西家的那片残败树林深感震惊，至少有十英亩看起来就像一战中遭到炮轰的阿尔贡森林[①]。他有责任保护身后那片绿色树林。

他转过身，恰好看见一个啮齿类动物的扁平脑袋在水面上划过。他一动不动，看着那只小兽游到池塘较狭窄的一边，皮革似的扁平尾巴用力一拍，将水面分开，向空中一摆，便潜入水中

① 法国东北部的一丛林丘陵地区，在第一次世界大战期间是主要战场之一。

消失不见了。男人走近塘边，辨认出一个海狸巢的大致轮廓，在倒映着天空的清澈水面下依稀可见。太不可思议了！它肯定是在一夜之间建成的，因为前一天他就在这里游过泳，这里当时空无一物。他一惊，后脊背发凉，这纯属侵占行为。他想起很久之前读到过，海狸的粪便有毒。池水在流经上游河道时被沙土和黏土清洗过，经测试可以饮用，纯净的水质曾让他们引以为荣；过去三十年来，他和路易莎一直在这里游泳，可现在再也不能这么做了。

他连忙赶回家，找到猎枪和一盒子弹，然后又匆匆下山，回到池塘边，绕着它走了一圈，来到海狸巢旁。太阳西沉，他这才得以看清楚它的构造，它是由一些从被啃倒的树木上砍下来的小树枝编织而成的一道墙，外围涂抹着池底的淤泥。海狸很可能正在它在这个建筑里搭起的台子上休息呢。男人小心地避开海狸巢，朝水面开了一枪，水面上回荡着隆隆的回声，冒出一团密集的火光。男人等了一会儿。过了几分钟，海狸的脑袋浮出了水面。他事先预料到会有面对面的较量，便重新装好了弹药，等待时机，他并不想打死海狸，只是想让海狸明白这里并不安全后离开。他又开了一枪。海狸那扁平的尾巴竖立起来，发出一阵声响。男人又等了一会儿。过了几分钟，海狸的脑袋又浮出了水面。距离池塘对岸五六英尺的地方有一根十四英寸长的钢制溢水管，海狸大概有些怏怏不乐，但还是自信满满地径直朝那根溢水管游去。瞧，这是在抗议呢——或者是其他某种情绪？——这小兽将池边的一丛榛子树拽倒，用爪子抓着游水，然后立起身来将整棵树塞进了溢水管。然后，它又潜入水中，重新浮出水面时带来一团水草和淤泥，它将这些统统塞进溢水管里，堆在榛子树上面。它打算堵住水管，借以提高池塘的水位。

男人迷惑地站在池塘的另一边，看着海狸忙忙碌碌，他蹲下身来，思考摆在面前的这个谜团。按照传统分析，海狸筑坝目的在于堵住小溪流，以便建造一个能让它们安居乐业、抚养后代、免受食肉动物伤害的避风港。这项工程需要砍伐大片树木，以获取建造居所的小树枝，而被砍伐树木的树干则为这种动物提供赖以生存的纤维素。但是，这位海狸仁兄已有一个深水池塘可以筑巢。事实上，它已经筑好了一个巢。那为什么它还要堵塞水管、挡住水流、提高池塘水位呢？海狸的筑巢技术多少令人钦佩，但在这种情况下完全没有意义。看着这小兽在劳碌，男人突然感觉心生不满，几分钟后又不禁感到疑惑，不知何故他已将自然视为可靠逻辑和稳定秩序的终极源泉，认为只有愚蠢的人们才会因为他们的贪婪和轻浮愚蠢而违背自然规律。这只海狸表现得像个白痴，这个池塘已然十分完美，可它竟然还想建造一个新的。男人朝海狸的近身处瞄准并开火，试图再一次提醒它不受欢迎的事实，他看到海狸的尾巴竖立起来，使劲击水，然后那个白痴就不见了踪影。过了几分钟，它又浮出水面，继续回来堵水管。海狸的锲而不舍让男人感到自愧不如，因为这种全身心投入的执着精神是他身上所缺失的，他总是心存怀疑，天性如此，就连信仰都支离破碎。他觉得自己需要一些专业意见；无论如何得把这只小兽赶走。

他想到了药剂师的儿子卡尔·梅林坎普。他是看着卡尔长大的，从婴儿期一直到现在，小伙子已近而立之年，身高六英尺有余，体重大概远远超过了两百磅，走起路来大摇大摆，拳头粗大有力，目光带着石匠所特有的老成持重。他头上总是戴一顶卷边草帽，赶上严寒酷暑天气还会故意将草帽左斜歪戴，这么做少说也有十年之久，也许还要更久。作为谋生手段，卡尔砌过石墙，搭过阳台，铺过花园小径，还用猎枪或弓箭打过猎。傍晚时分，卡尔开着他那辆白色道奇卡车来了，男人顿觉如释重负。

他们先去检查水管，卡尔手上拿着步枪。透过清澈的池水，他们不无惊奇地发现海狸已在水管周围堆起了一团圆锥状的泥巴，高度达到管口那个位置。“它是想把水管牢牢地密封起来。”

“可它为什么要这么做呢？这里已经有一个池塘了。”男人说。

“下次你见到它时可以问问。我们不得不杀了它。还有它的配偶。”

男人站在堤坝顶端摇了摇头。“难道没有办法把它吓跑吗？……而且我没看见母海狸。”

“就在附近吧，”卡尔说，“它们都还年幼，可能是被它们的族群从惠特尔西家的池塘里赶出来的。大概只有两三岁，正在着手建立一个新家庭。它们可不想离开这里。”他朝池塘远端男人四十年前种下的一丛松树挥了挥手，说道：“你就可以跟这些树挥手道别了。”

“我可不想杀了它们。”男人说。

“我也不想。”卡尔眯起眼睛，俯视着池水说。然后他直起身来说：“我试试撒尿的办法吧。”

太阳几乎全部落山了，池塘上投下长长的暗影，蓝色的天空渐渐暗下来了。卡尔一路沿着堤坝来到了海狸巢边，在它周围的地面上撒了一泡尿。然后，他走回男人身边，摇了摇头说："我觉得这不会起作用。因为它们在巢内已经塞满了东西。"只听泼剌一声，他们看见那只小兽——或者说其中一只——从池塘另一端爬出水面来，离开卡尔刚才撒尿的地方几英尺开外，它并没有被人的气息吓到。

"算了，"卡尔小声说，"等它再从水里出来时，我还是干掉它吧。怎样？"

男人点了点头。虽然他不喜欢杀戮，但内心却生出一种杀戮的酣畅快感。"顺便问一句，"他带着讥讽的微笑问道，"我们这么做合法吗？"

"从今年起，"卡尔说，"海狸终于被认定是有害的动物了。"

"把它们捉住怎样？"

"我没带捕兽夹。再说，捉到以后怎么处理呢？没人要它们。我知道有个人收集海狸皮，但它们现在不再是保护动物了。"

"哦，那好吧。"男人答应了。

"别动。"卡尔小声说着单膝跪下，将步枪举到肩头，倾斜瞄准正往堤坝上爬的海狸。突然，海狸掉转方向，快速跑下斜坡，原路返回，重新回到了水里。卡尔又站起身来。

"它怎么知道的？"男人问。

"哦，它们当然知道。"卡尔带着一脸骄傲地说，他作为猎人对于猎物的智慧怀有一种奇特的自豪感。"待在这里别动。"他轻声说，语气就像一个密谋者。"我不想在水里射杀它，否则它沉入水底就找不到了。”他说。然后，他沿着堤坝一直走下去，走向海狸巢所在的另一边，他脚步轻放，生怕踢到石头惊动那些海狸，手里则稳稳地端着步枪。

就在海狸巢对面，水边有一丛浓密的芦苇，其中一些深深地扎根水底。卡尔小心翼翼地走到芦苇丛中，蹲下身，把枪托稳稳放在大腿上。男人站在大约五十码之外的堤坝中央观望，对于卡尔如何知道海狸会浮出水面心存疑问。在得知卡尔并不很情愿杀掉海狸之后，他竟然莫名其妙地感到欣喜。

几分钟过去了。男人仍然站在那里等待。此时，卡尔透过芦苇丛看见了海狸，他慢慢举起了枪。枪声在水面上隆隆地回响。卡尔迅速蹚过那片浅水区，拎起那只海狸的尾巴，提着它走出了芦苇丛。男人匆匆跑过来看它。卡尔右手拿着步枪，左手将死尸举到男人面前，然后突然把它扔在草地上，转过身去面对池塘，举起枪，朝着池塘对岸又开了一枪。“是那只母海狸。”他一边说，一边把枪交给男人，自己匆匆跑下堤坝，朝池塘对岸走去，中途停下脚步，从水中捞出那只母海狸。

车道上，卡车的后车厢里躺着两具尸体，男人看着卡尔轻抚其中一只海狸的皮毛。“我那位朋友一定会用它们搞出点名堂来。它们太漂亮了。”

“我不明白这些海狸脑子里在想什么，你呢？”

卡尔平时就喜欢斜靠在什么上，他这会儿靠在车上，一只脚抬起来抵着车后轮的轮毂，摘下心爱的草帽，挠着满是汗水的头皮。“我觉得它们是有思想的。你知道，它像人类一样。动物们，我是说。它们有想象力。这些海狸很可能有些构想。”

“它已经占了一个池塘。这么做有什么意义呢?”男人问道。

对于这个问题，卡尔并未表现出明显的关注。他似乎不觉得自己有责任找出答案。

男人不依不饶。“我怀疑这是不是它听到管道里有水流出的声音后做出的反应?”

卡尔被逗笑了，他说：“嘿，有可能。”但他显然并不相信这种说法。

“换句话说，”男人说，“填充水管和提高池塘水位之间也许并没有关联。”

“有可能吧，”卡尔说，语气变得严肃起来，“尤其是在它已经筑好了巢穴的情况下。这很奇怪。”

“或许是流水声惹毛了它们。它们不喜欢那个声音。也许感觉刺耳。”

“这听起来还蛮有趣的，对吧?我们觉得它们这么做一定别有目的。”他开始接受这个观点了。

“或许它们并没有任何目的，”男人说，这个想法令他情绪激动，“它们只是想阻止流水发出声响，然后一转身却看见水位在上升。但在它们看来，一件事跟另一件事之间并没有关联。它们只是看见池塘的水位提高了，自然而然就想到要在里面筑巢。”

“或者，它们也许闲来无事，于是便去堵水管。”

“对呀。”他们都大笑起来。

“它们先是做一件事，”卡尔说，“然后这件事又导致它们去做另一件事。”

“对呀。”

“我看就是这样。”卡尔说着打开车门，把尸体抬进驾驶室里。他从旁边的车窗里伸出头来，低头看着男人。“这又是我的一个人生经历，”他说着便笑起来，“你知道，我一开始是当老师来着。”

“我记得呢。”男人说道。

“然后我发现自己爱上了水泥。接下来的事你也知道，我就到处舞砖弄瓦了。”

男人放声大笑。卡尔驱车离开了，手伸出车窗，朝后面挥了挥。车座上，两只海狸皮毛下的身体随着车子的颠簸左摇右摆。

男人重新回到池塘边。现在池塘又是他一个人的了，不受任何人的干扰。月光洒在平静的池面上，就像涂了一层苍白的油膏。明天他得把水管里的残留物清理出来，找人用一辆反铲挖土机将海狸巢从水底的淤泥里挖出来，挖土机的铲臂要够长，从池边一直伸到对岸才行。

他坐在小沙滩旁边那张多年前他亲手做的木凳上，他们总是在这个沙滩下池游泳。此刻他还能听到水从被海狸堵住的排水管边缘滴落的声音。

它当时在想什么呢？这个问题就像手指上的倒刺一样困扰着他。或者，海狸有思想吗？是不是仅仅因为耳膜不堪忍受噪音它才这样做？如果它真有思想，那就能够预想未来。在想到堵住水管后水位会上升时，它可能感觉很开心，有一种成就感。

但这完全是愚蠢的无用功！似乎违反了大自然的经济原则，

因为自然法则不容许犯愚蠢的错误，这不仅仅适用于牧师、拉比、总统或教皇等人，这类人不肯停下手上的工作去跳踢踏舞或者吹口哨。他想，大自然非常严肃，不会滑稽搞笑，也不会冷嘲热讽。毕竟，这里已经有一个足够深的池塘了。海狸怎么能视而不见呢？他很纳闷，不知为何一想到这个问题就心烦意乱；是不是海狸的所作所为类似于他所体会的人类的徒劳无功呢？他越想越觉得海狸很可能也有情感、个性乃至思想，不单纯是在盲目的本能驱使下做出一件毫无意义的事情来。

抑或，这其中是否隐藏着某种逻辑，令他这个缺乏想象力的人摸不着头脑呢？若非为了提高水位，海狸是否受另外一种完全不同的动机支配？如果有，是什么？可能会是什么呢？

抑或，它根本就是头脑空空如也，只是因为年轻，因为能够轻易完成千百万年来的进化所赋予它的使命而沾沾自喜并跃跃欲试？他知道海狸是高度群居的动物。在堵住水管以后，公海狸可能会想到回巢去向沉睡中的配偶汇报自己已经提升了水位的消息。母海狸可能会表示赞赏。出于自身安全的考虑，它一直希望公海狸能这么做。像公海狸一样，它没有意识到池塘的水位已经够深了。重要的是想法本身。或许关乎爱情。动物之间确实有爱情。它堵住水管是不是因为爱情呢？归根结底，真爱都不带功利目的，其本身以外无其他缘由。

抑或，事实是否更简单呢？它只是某天早上醒来，心情无比舒畅，在清澈的池水中游动，偶然间听见溢水管的滴水声，便游过去，然后很想捕捉到这悦耳的叮咚声，因为水是它生命中的最爱，它希望自己成为水的一部分，哪怕只是捕捉到叮咚水声也心满意足了。

结果却是它没有预见到的死亡。它不相信自己会死。朝水里开枪并没有吓跑它，只不过使它潜入水中，几分钟之后重又浮出水面。对它而言，它还年轻，死亡遥不可及。

这些想法并不令男人满意，他在池塘边徘徊，厌倦了此刻这种进退两难的僵局。想到他的树林不再会被海狸毁坏，池塘的水不再会被海狸粪便污染，他有些释然，尽管海狸们复杂的智力和特别的美令他感到惋惜，但他并不后悔大开杀戒。不过，若是能了解到海狸堵住溢水管背后的动机，他才会了却心愿，心怀感激。现在看来，这动机似乎并不存在，除非海狸死去时带着不可告人的秘密，而这正是令他感到郁闷的一点。他不禁设想，要是这里一开始就没有人工建造的池塘，只有一条原生态的蜿蜒小溪，海狸以它的智慧在溪边筑堤，建造一个宽阔的池塘，水的深度足够让它筑巢，这该是一个多么美好的结局呢。然后，一旦清醒地认识到这个物种的实际功用，人们就能以一种或多或少的平和心态去看待周边的树木不可避免会被毁掉这件事，而且即使人们终究还是要用枪打死它，也就能以一种更加直接的方式悼念它了。这样一来，此事就能被人完全理解，并且也让人容易释怀了；那么，不就至少有了一个圆满的结局吗？

裸体手稿

卡罗尔·蒙特躺在书桌上，双肘支撑起身体，正在读《你们》杂志上的一篇烹饪文章。她身高六英尺，体重一百六十英镑，浑身都是肌肉、骨头和肌腱，只是腹部稍稍突出。在萨斯喀彻温省[①]，她的体格并不显得突出，可在纽约这里，情况就不同了。她挪了挪身子，把压力从骨盆上移开。克莱门特说“请别动”，她又一动不动了。她能听见他在她脑后的急促呼吸声，还有不时发出的抽动鼻子的轻微响动。

“如果你愿意，现在可以坐起来了。”克莱门特说。她侧过身子，一骨碌坐起身来，双腿悬空晃来晃去。“我需要几分钟，”他说，接着又调侃道，“我得消化一下。”然后便惬意地笑了。他走到红色的皮质圈手椅那边坐下来，椅子面对着阁楼天窗，从这天窗望出去可以看见上城的住宅区，最远能到二十三街[②]。他叹了口气，在椅子上坐舒服些，注视着阳光下的屋顶。在一片由旧仓库改建房和新建公寓楼组成的街区，这所房子是残存下来的最后一幢褐砂石建筑。卡罗尔垂下头稍事休息，察觉到自己在这种场合

① 加拿大中南部一省份。

② 横贯美国纽约州纽约市曼哈顿区的一条主要街道，以第五大道为界（交汇于麦迪逊广场公园），分为东二十三街与西二十三街。

下不宜讲话，便从书桌上溜下来，臀部在离开木头桌面的时候发出一阵吱吱的响声，她穿过这间大书房，走到狭小的浴室里，坐下来研读《时代》周刊里的一份肉饼烹饪食谱。过了三四分钟，薄薄的浴室门外传来一声“好了！”，她又赶忙回到那张书桌，舒展身体平躺下来，这一次用一只手背托着腮，闭上了双眼。立刻，她感到签字笔在她的后臀上轻轻移动，试图想象它在写些什么。他从她的左臀开始，喉咙里发出的呼噜声表明他越来越兴奋，她使自己的身体保持完全静止，以免分他的神，就好像他在给她做手术似的。他开始越写越快，那些句号和字母“i”上面的圆点似乎深深地戳进了她的肉体。他的呼吸声越来越响，这又一次提醒了她，以这种方式为天才服务是怎样的一种特权，他的著作封套上写着这位作家还不到三十岁时就已多次获奖，很可能发了大财，尽管家具不太匹配，还显得有点破旧。她感觉他的智力像按压在她后背上的那只大手一样有力，像一件真实的物体那样有着分量，有体积，她感到荣幸而成功，祝贺自己有勇气对他的广告做出回应。

克莱门特正在她的小腿肚子上写字。“你愿意的话，可以看书。”他轻声说。

“我只是在休息。事情都顺利吗？”

“是的，好极了。别动。”

他向下移到她的脚踝处，突然停了笔。“请转过身来。”他说。

她翻过身来，仰卧在那里望着他。

他俯视着她的身体，注意到她脸上露出了尴尬的微笑。“你感觉还好吧？”

“嗯，还好。”她说着不假思索地朗声大笑起来，这个姿势差一点让她背过气去。

“很好。你给我帮了大忙。我从这里开始，好吗？”他碰了碰她那浑圆结实的乳房下方的皮肤。

“请便。”她说。

克莱门特向上推了推金丝框眼镜。他比这个大块头女孩矮上半头，女孩时常发出狎昵的爽朗笑声，他觉得这是她隐藏羞涩的方式吧。但是，她具有一种盲目的乐观精神，并且中西部人惯常出于友爱把善意强加于人，这让他感到恼火，尤其是这种特质倘若在女性身上表现出来会使她像个男人婆。他尊重有决断力的女人，但是敬而远之，他更欣赏那种含蓄的类型，比如他的妻子莱娜。或者更确切地说，从前的莱娜。他很希望能告诉躺在他书桌上的这个女孩要放松些，说出自己内心的迷惘，因为她提到在家里拥有自己的步枪，并且喜欢跟她的兄弟沃利和乔治一起猎鹿的时候，他就基本上了解了她的假小子本性和约会男孩子时遭遇的困境。此时，他猜测，随着三十岁迅速迫近，儿戏已经结束，作为伪装的爽朗笑声却留了下来，就像是某种动物遗弃的一只空壳。

他伸出左手，轻轻地抚平她乳房下的皮肤，以便签字笔能在那上面流畅地书写，他的触摸使她扬起眉毛，略带意外地微微一笑。人性是一种值得怜悯的东西。此时，他心里悄然升起一种不可名状的朦胧喜悦；他的小说处女作写出来完全是不费吹灰之力，随即便让他出了名，从那以后他在遣词造句中再也没能体验到那种轻松感。这种久违多年的感觉又在他身上出现了：他在用生殖器写作。

自我意识慢慢地蚕食了他早年的诗情画意。一直以来令他耿耿于怀的是江郎才尽的疑惑。他年轻了很长一段时间。即便是现在，他仍将保持年轻态当成自己的职业，以至于青春已经变成一个既令他鄙视又赖以生存的条件。或许他再也无法找到自己的独特风格，因为他害怕内心的恐惧感，所以他无法勇敢地写出真正的属于自己的词句，而只能无助地炮制一些可能会出自任何人之手的空洞言词。很久以前，他几乎能够触摸到自己凭空想象出来的那些人物，但它们渐渐地被一种空洞、苍白的外表所代替，就像冰冷、闪光的花岗石或涂有石膏粉的画布那样。他经常在想，他丢失的是一份才华，几乎是一种神性。二十二岁那年，他得了尼曼-费尔科奖，此后不久又获得波士顿奖；他在偷偷地使用一种神油，在其所有的好处之中它具有防止他变老的功效。过了大约十年的婚姻生活，他开始四处寻花问柳，在女人们身边寻找长生不老的灵丹妙药，有时是在她们的身体里。他举止像个大男孩，头发茂密，体格结实，笑声爽朗，但主要还是他性格模糊，对他人没有威胁，这些素质打动了一些女人，收留他过上一夜、一周，有时是几个月，直到他或者她们心猿意马地淡出。性使他恢复了生命活力，然而，只有在他低头俯视空白纸页的时候，他才会又一次意识到死神的缄默。

为了挽救这场婚姻，莱娜建议他去做心理分析，但作为艺术家，他对刺探自我心灵有所忌讳，而且担心他那具有魔力的盲目特质大有被日常生活的常识所取代的风险，因此他不愿去看心理医生。然而，架不住莱娜的坚持，他渐渐地屈服了；她读的学位是社会心理学，认为他父亲曾经给他带来的伤害之深远远超过了他敢于承认的程度。马克斯·佐恩是哈德逊河畔皮克斯基尔附近一个萧条地区的养鸡场场主，对于严加管教儿子和四个女儿有一种狂热的需求。九岁那年，克莱门特在关门时不小心夹断了一只鸡的脖子，结果被关在没有窗户的土豆窖里一整夜，此后便再也无法关灯入睡。他还要起夜两到三次，这无疑是他由于摸黑在土豆上撒尿而受到惊吓后落下的毛病。等他在晨光中重见天日时，他便请求父亲宽恕他。父亲那布满胡茬的脸上露出了微笑，见克莱门特尿湿了裤子便爆发出一阵大笑。克莱门特跑进了树林，尽管春日和煦，他却浑身打着冷战，牙齿格格作响。他躺在一只被阳光烤得暖烘烘的开裂的干草包上，用那些草茎把自己遮住。实际上，这次经历与他最小的妹妹玛吉的遭遇大同小异，她在十几岁时跟父亲作对，养成了午夜后仍不归宿的习惯。一天夜里约会回来，她在门廊里伸手去拉房顶上垂下的灯绳，却抓住了一只尚有余温的死耗子，那是父亲挂在那里教训她的。

然而，这一切都没有写进克莱门特的第一个故事里，他把这个故事扩展成了他的长篇小说代表作。事实上，这部作品描述了母亲对他的挚爱，只是稍加改动作为掩饰，父亲被塑造成一个本性善良、略带忧伤、不善于表露温情的男人，仅此而已。一般情况下，克莱门特总是觉得很难谴责别人；莱娜认为，对他来说，不做评判本身就是他与父亲作对而发起的挑战，在象征意义上是对父亲的第二次埋葬。所以说，他的作品带有浪漫的左翼倾向，总是在什么地方律动着一种幽怨的反抗情绪，如果说这种天真的素质在他的第一本书里很有吸引力，那到后来就显得千篇一律，脱不出老套了。事实上，他对结构本身已经绝望，将其视为诗歌的敌人，巴不得加入六十年代反抗形式的混战，从而获得极大的解脱；可莱娜对他讲，艺术中的结构不可避免地蕴含着对他父亲那些令人恐惧的罪行所做的逻辑回应，这种必然性会让他变成杀人凶手的。这个大煞风景的消息让人无法当真，所以他终究一直是一个相当富有情调、颇具迷人的快乐气质的家伙，在任何时候对任何人都没有危害，尽管私下里他对这一点很不满。

莱娜理解他；由于她和他有着同样的品性，这很容易。“我们是断翼社团的资深成员呢。”有天深夜她在聚会散场之后边清扫边说。在他们将近三十岁和三十岁以后的那段时间里，每个周末都有一群人聚在他们那位于布鲁克林高地的公寓的客厅里。人们不请自来，主人们快活地请他们抽烟，香烟被莱娜剪去了过滤嘴，他们扑通一声倒在地毯上，摊手摊脚地倚靠在破旧的家具上，喝他们自带的葡萄酒，谈论着新上演的戏剧或电影、新发表的小说或诗歌；也为艾森豪威尔[①]那溃不成军的句法、上了黑名单的电台和好莱坞的作家、黑人针对犹太人的莫名其妙的新生敌意、他们传统的盟友、国务部吊销激进分子疑犯的护照而扼腕叹息，同时也察觉到一种非理性的沉默氛围逐渐在全国蔓延开来，新兴保守主义大行其道，正在冲淡前三十年有关大萧条和新政的记忆，甚至将这场战争的纳粹敌人美化成抵抗前苏联盟军的英雄，这种氛围令他们感到困惑不解。索恩一家的热情好客让一些

---

① 美国第三十四任总统（1953—1961）。

人精神大振，夜里或者成群结伙或者形单影只地走出门去，可无论哪样，他们都摆脱不了一个失去荣耀的没落时代的影响：在这个国家里，人们对世界革命一无所知并且把这当成天赐之福，钱越来越容易挣到，精神分析学家被赋予最高权威，不愿承担责任的冷漠被誉为至高美德，而他们把自己看作“众人皆浊我独醒”的少数派。

最终，莱娜虽然只知自己的迷惘，对其他一切都不确定，却对事态做出了分析，发现她如同他的句子一样不再属于他了，而他们的生活也已变成他常说的自己如今的写作状态：一件仿制品。他们继续生活在一起，眼下长期租住在曼哈顿南部的一所褐砂石房子，房东是一份钢铁产业的继承人，同性恋，此人相信克莱门特是济慈[①]再世。可是近来，克莱门特经常睡在三楼，莱娜睡在一楼。人们随手赠予他们许多礼物，这所房子只是其中最大的礼物之一：一件骆驼毛大衣来自一位医生朋友，此人发现自己需要一件更大尺码的大衣；科德角的一所别墅年复一年地供他们使用，房主夫妻每年夏天都要跑到欧洲去，同时还有一辆保养完好的旧别克轿车。命运女神也有馈赠。一天晚上，克莱门特走在一条昏暗的街上，脚下踢到一个金属物件，竟然是一罐凤尾鱼。他把它带回家，发现缺了一把特制的开罐头钥匙，便把它放进了碗橱。一个多月以后，在另外一条街上，他又踢到一个金属物件——正是那开罐头的钥匙。他和莱娜都爱吃凤尾鱼，便马上备

① 约翰·济慈（1795—1821），英国诗人，浪漫派的重要人物，其最著名的诗歌包括发表于1820年的《夜莺颂》和《希腊古瓮颂》。

好一些薄脆饼干，坐下来吃掉了一整盒罐头。

他们还有一些共同的笑料，可在大多数时间里都共同承受着一种轻度痛苦，两个人谁也没有力量使这种痛苦加剧，因为彼此都觉得不能辜负对方。“我们甚至进行了一次模拟离婚。”她说，他笑着应和，他们相安无事地继续生活，一切照旧，只是她剪掉了长长的金色鬈发，找了一份儿童辅导员的工作。尽管他们从未下决心生个孩子，可她本能地理解儿童，他不无沮丧地看到工作让她很开心。至少有那么一段时间，她似乎由于发现了自我而振作起精神来，这使他产生了落后的危机。但是，不到一年，她辞职不干了，宣称：“我就是不能每天都去同一个地方。”旧时的那个疯狂而浪漫的莱娜又回来了，虽然失去了她那一份收入让他惊慌，可他还是为之欢喜。他们开始入不敷出了，他的书几乎卖不出去，挣的钱根本不够花。至于性，她已经想不起来曾几何时它对她是那么的重要了。即便还有的话，它已逐渐蜕变成一年四五次的奢侈品。她怀疑他有外遇，却不肯去证实，虽说这也折磨着她那残存的自尊，却减轻了她的一个负担。在他看来，男人有勃起就该进入什么地方，女人则感觉她在原地就行了。蛮大的一个差别。然而，在某一刻，他承认了这个残酷的现实：她太不幸福了，以至于做爱都无法让她开心，这种状况都是她成长背景的错。

然后，在一个夏天的午后，他正在朋友赠予的沙滩别墅那摇摇欲坠的阶梯上抽着烟斗，见一个女孩独自一人走在海边，似乎完全沉浸在她的思绪之中，阳光闪过她的腰际，他想象着自己把她脱光，在她身上写字的情形。他心驰神往。他已经很久、很久都没有得到让他如此欢欣鼓舞的灵感了。不知怎的，他在一个女人的身体上写字的画面积极健康，就像手上托着一条新出炉的面包那样。

要不是莱娜终于爆发了，他可能根本就不会发那条广告。当时，他正在三楼的工作室里读梅尔维尔①的作品，试图涤荡心灵，突然听到楼下传来尖叫声。当他冲进客厅时，莱娜正坐在长沙发椅上大声喊叫。他把她揽入怀中，直到她精疲力竭为止。没有必要交谈；她只是强烈地感受到对生活的无以言表的愤怒，钱总是不够花，他没能当好这个家。他握住她的手，几乎不忍心去看她那张憔悴不堪的脸。

她渐渐安静下来。他给她端来一杯水。他们一起坐在沙发椅上，徒劳地等待着什么。她从咖啡桌上的烟盒里拿出一支切斯特菲尔德牌香烟，用指甲掐掉过滤嘴，仰面倒下，肆无忌惮地吸着烟，萨尔茨医生已经严正警告过她两次了。克莱门特心想，她这是在跟切斯特菲尔德家的人谈恋爱吧。

“我正在考虑写点自传。”他说，也是在暗示这能赚钱。

“我母亲……”她说了一半，便默不作声了，眼神茫然。

“怎样？”

她这样欲言又止地提到她的母亲，让他不禁想起她第一次开诚布公地谈论她的负疚感时的情形。他们坐在莱娜公寓的窗前，

---

① 赫尔曼·梅尔维尔（1819—1891），美国小说家，作品尤以《白鲸》（1851）著名。

下面是一条两边绿树成荫的宽大街道，学生们懒懒散散地走过去，中西部校园所特有的祥和宁静把他们与真实世界隔离开来。她说在康涅狄格州，她母亲每天早上五点钟之前起床，乘坐第一班街车去无敌蒸汽洗衣房上八小时工。想想看吧！诺布尔·克里斯塔·瓦内茨基给陌生人熨烫衬衣，为了每个月能给女儿寄去二十美元的食宿费，同时却拒绝让女儿像大多数学生那样去打工。莱娜不得不闭上双眼，努力赶走自己百无一用的念头。为了让母亲高兴，她不得不成功，成功将会医治一切创伤——或许是在城市诊所找到一份做社会心理学咨询的工作。

她身穿白色的安哥拉羊毛衫。“在这古怪的光线下，那件毛衣让你像小精灵一样浑身发光。”克莱门特说道。他们出门去散步，手牵手走在蜿蜒的小径上，穿过那漆黑得像固体一样的暗影。在那个无风的夜晚，澄明的月光把月亮拉得很近，近得让人心生不安。“它比平时要更近，还是怎么的。”他说着，眯起眼睛来看月光。他喜欢有关科学的诗歌，可那些细节又太数学化了。在这令人惊叹的耀眼白光下，他的颧骨更显突出了，他那棱角分明的下颚如同雕塑。他们身高完全相同。她一直知道他仰慕她，可是单独与他待在一起时她能察觉到他的肉体需求。突然，他把她拉进灌木丛下的一块空地，轻轻将她拉倒在地上。他们亲吻着，他抚摸着她的乳房，然后展开身体，紧贴住她的身体，迫使她岔开双腿。她感觉到了他的强硬，身体由于恐惧和尴尬而紧绷起来。“我不行，克莱门特。”她说，满怀歉疚地吻着他。以前就连这个，她都从未给过任何人机会去做，她想让他忘记她的这份馈赠。

“总有一天我们要做的。”他从她身上翻滚下来。

“为什么！”她紧张地大笑起来。

“不为什么！看我买了什么。”

他举起一只安全套给她看。她把它从他手里接过去，用拇指触摸着光滑的橡胶。她极力不去想，他为她写的所有那些诗句——十四行诗[①]、维拉内拉田园诗[②]、俳句[③]——都不过是为这个滑稽可笑的橡胶气球所做的铺垫。她把它举到眼前，像单片眼镜那样，仰望着天空。“透过它，我几乎能看见月亮呢。”

“你到底在做什么呀！”他大笑着，坐起身来。“瓦内茨基一家疯子。”她咯咯地笑着坐起来，把安全套交还给他。“怎么了，是因为你母亲？”他问道。

她神情肃穆。“也许你该去找其他人。我们还可以做朋友。”然后她加上一句：“我真不知道自己为什么活着。”这些快速的情绪转变总能打动克莱门特——他称之为“波兰人的深度情感”。她与大西洋彼岸那个位于欧洲中部的未知国度波兰有着某种莫名其妙的神秘关联，而他和她都不曾到过那个地方。

---

① 又译“商籁体”，欧洲一种格律严谨的抒情诗体，每行诗句通常采用五步抑扬格，末尾押脚韵。最初流行于意大利，又称“彼特拉克体”，后传到欧洲各国。由两节四行诗和两节三行诗组成，每行十一个音节，韵式为ABBA、ABBA、CDE、CDE或ABBA、ABBA、CDC、CDC。另一种类型称为“莎士比亚体”或“伊丽莎白体”，由三节四行诗和两行对句组成，每行十个音节，韵式为ABAB、CDCD、EFEF、GG。

② 十六世纪法国的一种十九行诗。

③ 一种日本抒情诗，由三句分别有五、七、五个音节的不押韵诗行构成，通常吟诵自然或四季风光。

“有这样一首诗歌吗?”

“哪样?”

“一个不了解自己所思所想的女孩子。”

“可能是埃米莉·迪金森吧，我想不起具体是哪一首。就我所知，每一首爱情诗的结尾不是荣耀就是死亡。”

他双臂抱住屈起的双膝，仰头望着月亮。“我以前没见过这样的月亮。狼群一定会嚎叫起来呢。[1]”

“而且女人会发疯，”她补充道，“被月亮逼疯的为什么总是女人?”

“哦，女士总是优先呗。”

她向前探身，拨开挡住视线的一根树枝，眯起眼睛望着那炫目的月光。“我真的认为它会让我发疯。”隐隐约约地，她其实害怕精神错乱。对于父亲发疯而亡这件事，她一直难以释怀。“它看起来真近呢，就像天堂的一只眼睛。我能理解它为何令人生畏。你会觉得这么亮的光线会很温暖，可它偏偏却是冷冰冰的，对吧？就像是死亡之光。”她那孩子般可爱的好奇心使他的肉体渴望冷淡下来，尽管他仍然希望有一天能得到她的肉体。她下身是金黄色的吗？同时，她是神圣而稀有的物种。她唯一的缺陷就是颧骨有点过于突出，却无伤大雅，还有那过于宽大的波兰式鼻子。但是，他已经过了苛求她完美的阶段。他摊开她的手掌，紧贴在自己的唇边。“胡里汉之女凯瑟琳[2]、伊丽莎白·巴雷特·勃

---

① 狼是群居动物，大多在晚间活动，对光线很敏感，因此在皓月当空的夜晚就会嚎叫。

② 爱尔兰作家叶芝的早期戏剧代表作中的女主人公。

朗宁[①]、麦布女王[②]”——他的话让她咯咯笑个不停，样子惹人怜惜——“贝蒂·葛莱宝[③]……还有谁呢？”

“卡拉马佐夫的女人？”

“啊，对了，格鲁申卡[④]。还有谁？彼得保罗古墓[⑤]、贝比鲁斯[⑥]、克娄巴特拉[⑦]……”她抱住他的头，嘴巴紧压在他的唇上。她不愿意像这样让他失望，可她越是努力想变得更性感，就越是找不到感觉。说不定，如果他们真的做了那件事，她体内的某根发条就会松开。他当然是温和的、可爱的，如果非要有人在她找到丈夫之前进入她的身体的话，那最好还是克莱门特。或者，也许不会这样。她对什么都不确定。她任由他的舌头游走在她的口舌间。她的接纳令他惊讶，他一翻身压在她的身上，开始上下活动，但是她从他身下溜掉了；她站起身来，走到外面的小径上，他赶上去，见她神色紧张，便开始道歉。她那令人扫兴的情绪变化挑逗着他，就像婴儿摇篮上方吊着的色彩鲜艳的玩具。他们在近乎悲哀的沉默中走到公路上，然后来到她的公寓门前，站在深深的维多利亚门廊下，明亮的月光把他们那巨大的墨黑色侧影拉得长长的，投在草地上。

“我不知道怎么做。”

---

① 伊丽莎白·巴雷特·勃朗宁（1806—1861），英国著名女诗人。

② 英国民间传说中司梦的仙女。

③ 四十年代西方歌舞片的皇后。

④ 俄国作家陀思妥耶夫斯基名著《卡拉马佐夫兄弟》里的人物。

⑤ 吉百利公司（现已被好时公司收购）生产的一种巧克力品牌。

⑥ 雀巢公司生产的一种花生焦糖巧克力棒的品牌。

⑦ 克娄巴特拉（前69—前30），古埃及女王，绝世美人。

“我可以教给你。”

“我会很尴尬的。”

“只要一两分钟。很容易的。”他们二人放声大笑。他喜欢亲吻她那大笑的嘴巴。她用指尖触摸着他的双唇。

他站在边道上，看着她那美得惊人的倩影沿着小径走向那所房子——她有着浑圆的臀部、丰满的大腿。她在门口回过身来，挥了挥手，闪身不见了。

他得娶她，尽管这听起来有点疯狂。但是，怎么娶她呢？他一无所有，甚至没有前途，除非他能再得一次奖，或是找一份教师助理的工作。可有成百上千个学位比他高的人在找工作。他很有可能会失去她。站在洒满月光的边道上，想到她在一百英尺以外宽衣解带，他激情难耐。

“你为什么要去招惹她呢？”瓦内茨基太太问克莱门特。黑白杂种狗克莱德舒展着身子，躺在树荫里，在她的脚下打盹。这是磨坊小镇上一个炎热的星期日下午，也是春假的最后一天。就连位于房子下方那条水流湍急的温希普河都看起来浑浊而温暖，早已驶远的一列火车身后留下了七零八落的烟雾，悬浮在河岸边的铁轨上方那静止的空气中。

“我不知道，”克莱门特说，“我觉得她有朝一日会发财吧。”

“她？哈！”为了接待克莱门特来访，瓦内茨基太太特意穿了一件精心熨烫过、衣领四周镶有蕾丝花边的蓝色棉布衫和一条白色阔腿裤。她那泛红的头发向上梳起，用一把白色的梳子别在头顶，这样突显了她的身高——她比女儿高了半头——也突出了她的颧骨和前额。在她大胆的善意取笑间，克莱门特感受到被命运压垮的人们身上所具有的那种骇人的力量，他无法将这种力量与自己的那些梦想联系起来。客厅里一幅镶框的彩色照片上面是十年前的她：她洋洋自得地站在丈夫身边，她丈夫戴着拜伦①式的花色薄绸领带，头发松散飞扬，一只手垂下来，拎着一顶浅顶软呢帽。美国对外国人的轻蔑有时是致命的，他对这一点虽有误解，此时却还没有变成一个偏执狂，被人捆绑在担架上，对着救护车内的四壁用波兰语狂呼乱吼，骂他的妻子是一个婊子，骂人类是一群谋杀犯。如今，她只剩下莱娜和她做伴了。有责任感的那一个，"唯一一个有头脑的人"。莱娜的妹妹帕齐是老二，已经跟两个不同的男人做过两次流产了，其中一个就连姓什么她都承认自己不知道。她的声音高亢而带着哀怨，眼睛里流露出慌乱的神色。其实，她是个可爱的女孩，胸无城府，只是脑袋里空空如也罢了。帕齐曾经私下里心情沉重地对克莱门特暗示过，她知道莱娜不会让他得手，她自己不介意代劳"几次"。这个邀约里面没有嫉妒，也没有恶意，只不过是事实而已，无论他怎样决定她都不会怨恨他。"嗨，克莱门特，她要是不肯的话，我怎么样？"当然是一句调侃了，不过，无法否认的是，她的眼睛顾盼生辉。

还有史蒂夫，最小的一个，但是，对她来说，他几乎可以忽略不计。他很迟钝，长相可爱，笨手笨脚，代表了这个家族中的

① 拜伦男爵（1788—1824），英国诗人，其诗对浪漫主义运动，尤其对欧洲大陆有着很深的影响。他参加了希腊独立战争，但在大战前死于疟疾。代表作有《恰尔德·哈罗尔德游记》（1812—1818）和《唐璜》（1819—1824）。

农民气质。史蒂夫与帕齐相似，能在池塘底部像螃蟹一样四处游走，可他至少对性不那么狂热。令人惊异的是，汉密尔顿螺旋桨公司十分赏识他。他们知道这是一个认真的雇员，在他任职满六个月之后便提升他去做校准技术——而史蒂夫那时只有十九岁，高中才上了两年。他还算规矩，只是他近来的胡言乱语让她感到不安。

“史蒂夫经常梦游，你知道。就是最近。”瓦内茨基太太把这个情况讲给莱娜听，其实是想让她用大学教育所得的知识做出解释。

“也许他需要一个女朋友。”莱娜试探着说。对于她能如此轻松地提到性，他既感到惊愕，又觉得好笑，此中颇具反讽意味。

“麻烦的是这座小镇里没有妓女，”瓦内茨基太太挠着肚皮说道，“帕齐一直让他去哈特福德度周末，可他不明白她的意思。你说呢，克莱门特？”

“我？”克莱门特涨红了脸，心里想着，接下来她就会问他是否跟莱娜睡过觉了。

“也许你能给他讲讲鸟类和蜜蜂什么的。我想他听不懂的。”莱娜和克莱门特大笑起来，瓦内茨基太太勉强露出一个克制的微笑。“其实我觉得他连听都没听说过，这可怎么办呢？”

“哎呀，还得有人教教他！”莱娜大叫起来，弟弟一直都这么幼稚，这使她感到忧虑。克莱门特困惑不解的是，她一边逃避自己的问题，一边还能投入这么大的精力来让家人直面他们的困境。

“他好像弄弯了帕齐的旧自行车。”瓦内茨基太太故作神秘地说。

“弄弯了她的自行车！”

“当时我们都睡着了。他好像是夜里梦游来着，走到外面去，用两只手弄弯了车前叉。他可有力气呢，”她转向克莱门特，“也许你能跟他讲讲去哈特福德度周末的事情。”

但是，克莱门特还没来得及回答，瓦内茨基太太就挥手阻止了他。“啊，你们这些男人呢，一到实际生活，你们就不知道该怎么做。”

莱娜立刻为他辩护。“他很乐意跟史蒂夫谈谈。是吧，克莱门特？”

“当然，我很乐意跟他谈谈。”

“可你懂得性吗？”

“妈妈！”莱娜红了脸，尖声大笑起来，可她母亲的脸上毫无笑意。

“嗯，我略知一二。”这个女人对他表现出的近乎轻蔑的态度令他感到不解，他极力想要化解它。

“好了，妈妈，你要对克莱门特好一点。”莱娜说着，走到沙发摇椅旁，在她母亲身边坐了下来。

“哦，他很懂事，不会介意的。我只是说说而已。”但是，她先前却把他的缺点归结于天性如此。她用脚后跟抵住地板，使劲晃动着摇椅。

没有人讲话。沙发摇椅咯吱咯吱地发出私语般的轻响。门廊外面，大街上一片寂静。终于，瓦内茨基太太转向了克莱门特：“毁灭人们生活的主要祸根就是性。”

“哦，得了吧——即便你爱上某人也不行？我爱这个疯女孩。”克莱门特说。

“啊，爱情。”

莱娜透过香烟的雾气，紧张地咯咯轻笑起来。

“难道没有这回事吗？”克莱门特问道。

“对于不切实际的人，美国会杀死他。”瓦内茨基太太说，“你是一个受过教育的年轻人。你长得很帅。我女儿头脑不太清楚。她是改不了的。本性难移。暴露出来的只能越来越多，仅此而已，就像松开一团线绳一样。对你自己行行好吧——忘记她，或者只做朋友，但是不要结婚。你该找一个想法实际、思路清楚的聪明女人。婚姻是一件长远的事情，而妻子只有切合实际才好。这丫头想法一点儿也不实际。她就爱做梦，像她那可怜的父亲一样。那家伙来到这个国家，期待受人尊敬，至少有个好名声。没有人尊敬一个波兰佬。对于祖上是立陶宛公爵的瓦内茨基夫妇，他们了解些什么呢？就为了得到一点点尊敬，他，一个受过工科教育的人，竟然发了疯。他们一直想要跟他交朋友，若是在祖国，他根本不会跟那些人搭话，或许给他擦皮鞋还可以吧。于是他来到阿克伦城①，来到底特律②，想在这里寻找一个有文化的圈子。这就是莱娜父亲的本性。他不知道自己在这里既不是失败者，也不是成功者，就连一个有名有姓的人都算不上。所以他便一路疯言疯语地走进坟墓去了。莫谈婚姻。求你了，为了你们

---

① 美国俄亥俄州北部城市。

② 密歇根州东北部的主要工业城市和大湖区航运中心，美国汽车工业中心，福特、克莱斯勒和通用汽车总部均在该市。

双方都好，放了她吧。我们的帕齐，对——她是该结婚的。只有婚姻才能救得了她，就连这一点我都不敢说。这一位可不行。”此时，她转身去看大女儿，大女儿在她讲话时一直在尴尬地咯咯轻笑，笑声里满怀对母亲的爱意。“你告诉过他你有多不靠谱了吗？”

“告诉了，”莱娜不自在地说，“他是知道的。”

瓦内茨基太太叹了口气，一只手托住她那满是汗水的面颊，身体轻轻地左右摇摆。克莱门特心里想，她能够感知未来呢；他被她洒脱超然的个性打动了，尽管他觉得这种个性极具悲剧色彩。

“你们打算怎么养活自己呢？因为我现在可以告诉你，她在理财方面一窍不通。”

“妈妈！”莱娜表示抗议，同时也为母亲的坦白中蕴含的女性反叛精神而感到欣喜，“哦，妈妈，我没那么糟糕呀！”

“哦，那也差不多了，”瓦内茨基太太说道，她对克莱门特重复了她的问题，“你们打算怎么养活自己呢？”

“哦，这我还不知道。”

“还不知道？难道你不知道每天都要花钱？‘还不知道’？持家过日子可等不了‘还不知道’。你必须知道自己要靠什么过活。不过，我看得出来你跟她很像——这世界对你来说也不真实。对此，莎士比亚说什么来着？”

“莎士比亚？”克莱门特问道。

“你告诉我，一切尽在莎士比亚。那你说说一个前途无望的漂亮女孩要嫁给一个还没有找到工作的诗人会怎样吧。我的老天爷，你们都还是孩子呢！”她大笑起来，无助地摇着头。克莱门特和莱娜见她不再对他们品头评足，都松了一口气，和她一起笑起来。让他们感到高兴的是，她能够理解他们在这种疯狂的生活中的困境。

“可这不是很急吧，妈妈。我得先毕业再说，然后，如果我能找到工作……”

“她会找到工作的——她的学习成绩很棒。”克莱门特充满信心地说。

“那你呢？有给诗人们做的工作吗？你何不努力成名成家呢？美国有哪个名诗人吗？”

“当然有，有一些著名的美国诗人，但你很可能没听说过他们。”

“这就是你所谓的著名，一些没人听说过的人？”

“在其他诗人和对诗歌感兴趣的人当中，他们是很有名的。”

“写点小说吧——然后你就会出名。诗歌可不行。然后，也许他们会把你的小说拍一部电影。”

“他写的不是这个，妈妈。”

“你不用说，我就知道。”

帕齐身穿胸罩和短裤，出现在纱门后面。“妈，你看见我的另一只胸罩了吗？”她的声音里充满痛苦和哀怨。

“在浴室里挂着呢。你总是喊妈妈，怎么不自己先找找看？”

“我找过了。”

“那么，睁大眼睛再找。而且，你什么时候才能自己洗衣服呢？”

帕齐打开纱门，光着脚走到门廊上，由于克莱门特在场，她双臂交叠，遮住丰满的乳房。一条毛巾像穆斯林头巾一样裹在她的湿发上面。在逐渐暗淡的日光下，他看见了她那肌肉发达的漂亮大腿，还有宽阔的后背和发达的前胸。帕齐冲动地用双手捧起母亲的脸，亲吻着她。“我爱你，妈妈！”

“这里有男人呢，你竟然像这样光着身子走来走去？进去，你这个疯丫头！”

“只是克莱门特嘛。克莱门特不介意的！”她转身背对着母亲和姐姐，面朝克莱门特，克莱门特看到她那一对高耸的乳房，过于窄小的胸罩几乎遮掩不住它们，不禁感到心跳加速。她嘲弄地轻声浅笑着问道：“你介意我吗，克莱门特？”

“不，我不介意。”

瓦内茨基太太探过身子，对着她女儿的屁股用力掴了一掌，然后放声大笑起来。

“哎呀！你打痛我了！”帕齐紧捂着臀部，跑进屋里去了。

此刻，天色几乎全黑下来了。不远处有一辆货车咣当咣当地开了过去。莱娜点燃了一支香烟，向后靠进摇椅的软垫里。

“他正打算写一部舞台剧呢，妈。”

“他？”

“他能写的。”

“那就好。”瓦内茨基太太说道，就好像这是个玩笑似的。面对她那不信任的悲观态度，大家都陷入了沉默。

后来，他们出门去散步。这一带都是平房和四层的木制公寓楼，工人们住在这里。

"她是对的，我觉得。"克莱门特说，希望莱娜会反驳他的话。

"关于结婚的事？"

"我们这么做会很傻。"

"很可能吧。"她松了一口气，表示赞同。一个被果断推迟的决定就像一个已经做出的决定，同样令人宽慰，她紧紧地抓住他的手，不确定的事情就这样变得具体，这让她倍感轻松。

他无法鼓起勇气去登那则广告。他开始怀疑这是否会被人当作变态之举。但是，渐渐地，他越来越觉得这件事情变成一个责任了。有一天，他随手买了一份《乡村之声》报，站在普林斯和百老汇交会处翻看着私人广告栏：一页又一页的淫荡邀约、征求伴侣、通灵发现和整容术——这里就像一处冰原，他心想，从深深的裂缝里传来人类的呼救声。这是但丁。他把报纸带回家，放在光秃秃的书桌上，冥思苦想地研究对策，最终决定采用直截了当的措辞："征募大块头女人做于人无害的实验，年龄不限，皮肤紧实。请寄照片。"

先是来了五个不对路的应征者——脂肪肥厚的裸体女人，照片上分不出哪里是头，哪里是脚——他在看到卡罗尔·蒙特的照片的那一刻，便感觉她很完美：头向后仰着，似乎在放声大笑。她出现在他的门口——身穿黄色超短裙和黑色罩衫，头戴白色贝雷帽，比他高出六英寸，笑容带着羞涩和勇敢，有一种质朴的可爱气质——他想要张开双臂拥抱她，马上就认定她将使自己的想法变为现实。终于，他做了点什么，使自己的生活不再空虚。

她舒适地偎在他的扶手椅上，漫不经心地向下拉了拉裙子，试图表现出一种令人难以置信的胆识，就好像他们是在酒吧邂逅的陌生人。她叮叮当当地摆弄着沉重的手镯和脖子上的链子，嘎嘎地大笑起来——马嘶般的笑声刺激着他那敏感的听觉神经。事实上，她身上有一种处女的气质，她似乎在极力地掩饰它，这或许是一种过度的原生态，就像是最好的橄榄油一样，他要记住这个句子，有朝一日一定要派上用场。“那么，这是怎么一回事呢？我身体足够宽吗？”她问道。

“很简单。我是一个写小说的人。”

“啊哈。”她半信半疑地点了点头。

他从书架上取下一本书递给她。她瞟了一眼封皮上他的照片，便打消了疑虑。“好吧，那你说吧……”

“当然了，你得脱光了才行。”

“啊哈。”她看上去很兴奋，仿佛铁了心要接受这个挑战。

他步步紧逼。“我希望能在你身上的任何地方写字，因为，你看，我构思的故事需要写满你的全身。尽管我有可能估计过高了。我还不敢肯定，但它也许是一部小说的第一章。”随后，他解释了自己的困境，希望通过在她的皮肤上写作使自己从困境中解脱出来。她好奇而同情地睁大了双眼，他看得出她为自己能做他的红颜知己而感到自豪。“这也许不起作用——我不知道……”

“嗯，值得一试，对吧？我是说，不鸣则已，一鸣惊人。”

为了拖延时间，他从书桌上拿走了一小盒回形针和一本皮革镶边的记事簿，这是莱娜很久以前送给他的圣诞礼物。要让她脱衣服，这该怎么说呢？这个计划真是愚蠢，他的耳畔发出海浪般的轰鸣声，仿佛要把他重新抛入那软弱无力的状态之中。在手忙脚乱之中，他说："请把衣服脱掉，好吗？"——这句话他其实从未鼓起勇气对一个女人说出口过，至少是站着说不出口。她似乎只是耸了耸肩，扭动了一下身体，便赤身裸体地站在了他的面前，身上只穿了一条白色的短衬裤。他低头看了看它，她问道："内裤呢？"

"哦，如果你不介意的话，可以吗？脱掉它，好像就不太——我不知道该怎么说——刺激了，你知道吧？而且我想用上那个部位。"

她迅速脱去内裤，坐在书桌上。"哪边？"她问道。显然，她一直在经历着内心的挣扎，此刻已经摆脱了自责，却陷入了犹豫不决之中，这种心理状态他刚好也有。这样就加深了他们之间的亲近感。

"先俯卧吧。你要床单吗？"

"这样就好了。"她说着，俯身趴在写字台上。此刻，她那晒成棕褐色的宽阔后背和球状的白皙臀部似乎与他的书桌先前的破败和单调形成了强烈的反差。一只雕花的银色笔筒是他的一件年代久远的珍藏品，里面盛有十几支毡头墨水笔，他取出一支来，握在手里。他的心在恐惧地颤抖。他在做什么呢？他最终失去理智了吗？

"你没事吧？"她问道。

"没事！我只是在思考。"

曾经有一个故事——发生在数月之前，或许是一年以前——他以前多次动笔去写。然后，突然间，他一下子意识到自己已江郎才尽，便对自己失去了信心。这时，面对这具等他下笔的肉体，他再次做出相信自己的承诺。

“你肯定没事吗？”她又问。

这并不是一个了不起的故事，甚至算不上是一个很好的故事，但其中有他与妻子初次邂逅的场景，一个大浪将他们二人打翻，迫使他们一同连滚带爬地跑向沙滩。他站起来，提上几乎被剥下的泳裤，而她此时也摇摇晃晃地从海浪中挣扎起身，拉上连体泳装的肩带，遮住一只裸露的乳房。他觉得他们的邂逅是命中注定的，就像在某个关于淹死和重生的神话中浮出海面的希腊人一样。

他那时还是个幼稚的诗人，而她崇拜埃米莉·狄金森①，废寝忘食地读书。“大海想要把你剥光，”他说，“米诺陶②。”他欣喜地发现她的双眼呆滞无神，因为神智混乱的人让他感到自信，不久事实证明她的确如此。被大海抛出来——多年以后，他就是这样看当时的场景的——他们本能地在对方身上看到了同样的痛苦、同样的逃离现世的希冀。“现世的死亡。”他会这样写，这是一首关于大雾之创造力的赞美诗。

此时此刻，他右手握着黑色的毡头墨水笔，左手伸向卡罗尔的肩膀。她那紧实的皮肤上散发出的温热气息使他吃了一惊。他

---

① 埃米莉·狄金森（1830—1886），美国女诗人，隐居于马萨诸塞州阿默斯特的家中，写了上千首个性十足的诗歌，去世后闻名，第一部诗集出版于1890年。

② 希腊神话中的半人半牛怪物，为帕西法厄和她爱的公牛所生，被禁闭在克里特代达罗斯造的迷宫里，以食人肉为生，后被忒修斯所杀。

的幻想不经常变为现实，而她自愿为他，一个陌生人，做这件事，这几乎让他流泪了。人性的美好哦。他先前就察觉到她需要调动起所有的勇气来回应他的广告，但他却不好意思打探她的生活隐私。只要她没有疯掉。或许有点怪癖，可谁又没有呢？“谢谢你，卡罗尔。”

“没关系。你慢慢来。”

他感觉自己开始躁动起来。在很久很久以前，他写作时会发生这种情况。男人用它来写作，这个器官命名恰当[①]，似乎多出来的一加仑[②]血液使他血脉贲张。他身体前倾在卡罗尔背部上方，左手更加自信地按在她的肩膀上，缓缓地写道：“远处的海浪汇聚过来，越来越高，沙洲落下来，坠入深渊，男人和女人在回头浪的拍击下奋力游动，彼此素不相识，共同奔向了他们的宿命。”震惊之中，他清楚地看见了自己青壮年时期的那些生活碎片，在它们上方宛如一道彩虹般悬挂着的是他对生活及其所有几乎被遗忘的承诺的毫无疑问的信心。卡罗尔对他那只手的压力做出了回应，他能够闻见她的体香，这是一种绿色的丰腴的海洋气息，仿佛在嘲笑他那衰竭的力量。如何描述他内心感受到的那种巨大的痛楚呢？

他的眼前浮现出莱娜的脸，她二十多年前的样子，她那被海水浸泡得略带红丝的双眼、贴在笑盈盈的面颊上的纷乱金发、丰满的年轻胴体，她走上沙滩，上气不接下气地笑得浑身瘫软，他

① “penis”（阴茎）这个英文单词的前三个字母恰好是“钢笔”的意思。

② 加仑是液体单位，在英国相当于4.55升，在美国则相当于3.79升。

那时就爱上了她的身体，在共同经历了磨难之后彼此多少感受到一种不设防的亲密。这些似乎是他多年以来一直保留的最初印象，他的笔从卡罗尔的背部向下移到臀部，然后是左腿和右腿，接下来让她翻转过来，继续写在她的前胸和腹部，然后是大腿和脚踝，就在那里，故事奇迹般地圆满结束了，这是一个关于他如何第一次背叛妻子的故事，几乎未加修饰。他觉得自己奇迹般地将真相铭记在这个女人的肉体上了。可这是个短篇呢，还是一部长篇小说的开头？说来奇怪，这并不重要，但他必须马上把它交到编辑手里。

“我在你的脚踝上写完了！”他叫道，声音里孩童般的语气吓了自己一跳。

“太棒了！现在该做什么了？”她坐起身来，孩子气地在空中张开双手，为了不弄污身上的墨迹。

他忽然想到，她就像一张纸，对于写在她身上的内容一无所知，这有多么奇怪。“我可以给你做个扫描，可我没有扫描仪。不然，我可以誊写到手提电脑上，可这会花一些时间——我打字不太快。我只是没想过这个……除非我打辆车，把你送到我的出版商那里，”他打趣说，“不过，我只是开个玩笑。他也许要删减一些内容。”

他们最终解决了这个问题，他站在她背后，大声地朗读她背部的字迹，她坐在他的手提电脑前打字。对于这个程序，他们不时迸发出大笑。至于她前面的文字，她想到了用一面穿衣镜来读，但是这样文字会左右颠倒。于是，他坐在她面前打字，她把打字机放在膝上。当他读到她大腿上的文字时，她不得不站起来，这样他才好继续——后来他坐到地板上，读她的小腿和脚踝。

随后，他站起身来，他们第一次深深地凝望着对方的眼睛。接着，也许是因为他们做过如此亲密的事情的缘故，如此出人意料，他们不知道接下来该做什么，便开始咯咯地笑，笑得瘫倒在地上，一阵颇具感染力的歇斯底里的发作使他们膈肌鼓胀，只好将前额靠在桌边上，彼此不看对方。最后，他可以开口讲话了："如果你愿意的话，可以冲个澡。"而这不知怎地又让他们尖叫起来，忍不住地开怀笑个不停。

他们气喘吁吁地滑到地板上，笑声渐渐平息下来。他们并排躺着，相互之间赤诚相见的了解让他们彼此都感到意外。此刻，他们面对着面，静静地躺在他的东方地毯上，仍然喘息未定。

"我想我该走了，是吧？"她问道。

"你怎么把字洗掉呢？"他问道，内心感到一种不可名状的焦虑。

"泡个澡呗，我想。"

"可是你的后背……"

"我认识一个人，可以帮我洗掉它。"

"是谁，一个男人？"

"不是，同楼的一个女孩。"

"不过，我还不想让人读到它。我不敢肯定它现在就能发表，你懂吗？或者说，还不能让人读到。我是说……"他结结巴巴地说，想要找个理由来打发掉那个给她洗背的陌生女友，免得她心生好奇；或许是为了保护他的作品的隐私——鬼才知道为什么，可他觉得她的身体太私密了，不能让任何陌生人看。他用一只手肘撑起身体。她的头发散开，铺在地毯上。看起来就好像他们刚刚做过爱一样。“我不能就这样放你走。”他说。

“你是什么意思？”她的声音里流露出一丝希冀。

“认识我们的人会从中看出我妻子的影子。我还没做好那样的思想准备。”

“那你为什么还要写呢？”

“我只是把它原原本本地记录下来，以后再做一些改动。你不能这样走。我跟你一起冲个澡，我给你搓背，好吗？”

“好的，当然可以。可我本来就没有打算让任何人看呢。”她说。

“我知道，但是洗掉它，我感觉会更好些。”

在那狭小的金属制淋浴间里，她的身体似乎无比巨大，他在用后背专用刷给她擦洗了几分钟之后便开始感觉疲劳。卡罗尔自己洗前面，他负责她的大腿、小腿和脚踝后面的部分。洗干净之后，水从她的肩膀上奔流而下，他把她拉向自己。她身体里有着一种实实在在的力量。

“现在感觉好多了？”她问道。在这个女人面前，他变得神思恍惚起来，最后一点残存的智力从头部流失了，跑到了他的下腹部。

后来，他感到纳闷的是，在水流之下跟她做爱为何如此轻易，如此直截了当，而先前，当她浑身上下都写着他的文字时，单单想想这事就好比穿透茂密的荆棘灌木一般。他很想跟莱娜讨论这个谜。然而，那当然是不可能的，尽管他不敢肯定。

他帮卡罗尔擦干了身体，她飞快地穿上她的内裤、胸罩和罩衫，拉上裙子；他坐在书桌旁，打开一只抽屉，取出一本空白支票簿。但是，她立刻碰了碰他的手腕。

“没关系的。”她说。她那潮湿的头发暴露了他们的亲密关系，表明了他改变了她的事实。

“可我想付给你报酬。”

“这次就算了。”由于不经意地流露出还要再来的愿望，她的脸上掠过一丝不加掩饰的羞怯，“或许下次吧，如果你还想让我来的话。”然后，她似乎被一个新的念头吓了一跳。“或者，你会这样做吗？我是说，你已经完成了这件事，对吧？”她原先的鲁莽冲动又回来了，“我猜，以前从未做过的事情，你不会尝试两次的，对吧？”她轻声地笑了起来，但是眼睛里流露出恳求之色。

他站起身来，走上前与她吻别，但是她微微地侧过身去，他吻到了她的面颊。“我想你说得对。”他说。

她的脸上浮现出一种冷酷的神情。“那么，喏，或许我最好收下这钱。”

“对。”他说。现实总是如此轻松，他心想，可为什么它总是与愤怒相伴而来呢？他坐下来，开了一张支票，带着些许愧疚，把它递到她手里。

她折起支票，塞进钱包里。“这真是不寻常的一天，对吧！”她大声说着，发出马嘶般的笑声，他一怔，因为最初彼此陌生的那一刻过后，她便不再那样笑了。他心想，她此刻又重新回到了猎鹿的童年时代，艰难地跋涉在那片冻土地带上。她从藏身之处偷偷溜出来，获得了片刻的自信，随后却又抽身而退了。

卡罗尔走后，他坐在书桌前，眼前放着那份手稿。十八页。他茫然凝视的目光、刚刚清洗过的身体和精疲力竭的感觉似乎让他头脑变得清晰起来，心灵也得到了升华。他用手掌按住那一叠纸，思索着，我已经到了精神崩溃的边缘，所以这份稿子最好能用。他揉了揉眼睛，开始读自己的故事，楼下传来前门砰然关上的声音，似乎是在很远的地方。莱娜回家了。她那皱纹深刻的脸颊就像一只脱水的熟透的辣椒，紧抿的嘴角下垂，乳房扁平，呼吸里带着令人憎恶的棕色的尼古丁气息。他又开始愤怒了，内心充满了对她那顽固不化的自毁行为的憎恨。

他接着读自己的故事，一遍又一遍地重读，非常惊讶地发现，自己对她的感情交织着同情与爱，丰盈而甜美，直到现在还在内心涌动，就好像出自一个非常年轻的、一文不名的男子之手，这是一个囚禁在他内心的男人，一位自由歌唱的诗人，其精神犹如海浪般真实并且令人信服。要是把这故事改成献给曾经的她的一首赞美诗如何？——她能够认出自己并欣然接受吗？读着读着，他意识到在自己心中的尘封记忆里她仍旧有着完美的美丽和诗意，想起了他每天早上同她一起醒来时曾经感到几多幸福和几多信念。他从手稿上抬起头来，目光扫过那片空荡荡的屋顶，忽然为卡罗尔感到一阵心痛，这房间里仍然律动着她那青春胴体的生命活力，他想要让她再来，或许再来一次，他要再次在她那紧实的皮肤上书写，也许能从自己幽暗的内心发掘出更多颤动的纯情，一些由于惧怕表露而遁形的爱情残骸——他要用艺术来将它捕获。

松脂蒸馏器

一

五十年代初期的那个冬天，纽约的天气异常寒冷，或者说，至少对莱文来说是这样的。除非他在三十九岁就未老先衰了，私下里他倒是很喜欢这个想法。有生以来第一次，他迫切想逃到阳光充沛的地方去，所以，当吉米·P从海地回来晒得一身棕褐色皮肤时，他饶有兴趣地听着对方兴高采烈地讲述一股新的民主之风如何横扫那个国家，而这兴趣就不仅仅是出自对社会问题的关心了。莱文的思想相当前卫，早就开始怀疑政治能否真正改善人类行为了，而且工作之余，他把心思转向了音乐和一些经典著作。但是，即便是在过去他更关心政治的岁月里，他都从未信任过吉米的政治热忱，尽管他陶醉于吉米对他的天真崇拜。吉米从前是科尔盖特大学①的一名摔跤选手，长着扁鼻子和溜肩膀，讲话口齿不清，他是一名感性的共产党员，不仅崇拜斯大林以及那些敢于公然蔑视时下任何体面规则的人，而且把有才之人视为偶

① 位于美国纽约州汉密尔顿市，始建于1819年，是美国著名的私立文科大学，倡导小班教育和精英教育。

像，并为其中一些人做公共代言人。对吉米来说，叛逆是富有诗意的。在他七岁生日那天，他那英勇的父亲吻了吻他的额头，离开家去参加了一场玻利维亚的革命，然后再也没有真正回家，其间只是偶尔回来几次，总共待过两个星期，最后便永远地消失了。但是，吉米或许仍然心存一丝尘封的希望，盼父亲能再回到身边来，这就造成了他崇拜英雄的倾向。令他佩服的是，马克·莱文有勇气辞去《论坛报》的工作，接手枯燥乏味的家族皮革生意，而没有去迎合某些人的需求，撰写有关新一波反俄罗斯好战情绪的社论。然而，事情的真相是莱文当时满脑子想的只是马塞尔·普鲁斯特①。过去这一年来，他脑子里除了他的音乐、他所钟爱的悍妻阿黛尔和令他倍感欣慰的疑病症之外，就只有普鲁斯特的作品，其他所有事情都不复存在了。

在莱文和阿黛尔看来，海地仿佛是月球的黑暗面。他们对于那个地方的了解仅限于牙医那里的《国家地理杂志》和狂欢节照片上那些看上去野性十足的女人，其中有些在街上跳舞，美得让人惊艳，另外还有伏都巫术的图片。但是，按照吉米的说法，就仿佛在一个几代人都活在刀枪统治之下的国家里爆发出一种压抑已久的自然力似的，非凡的画作和书籍突然大量涌现，令人感到匪夷所思。吉米的老友、《纽约邮报》前专栏作家莉莉·奥德怀尔热切盼望莱文夫妇到访；她已经搬到那里与旅居海地的母亲同住，她跟所有的人都熟识，尤其是新派年轻画家和知识分子，这

① 马塞尔·普鲁斯特（1871—1922），法国作家，他创作的七卷本长篇小说《追忆似水年华》（1913—1927）是现代文学中的伟大作品。

些人试图在被谋杀或驱逐之前秘密发动左翼民主改革。在上一次选举中，反对党候选人及其妻子与四个孩子就被不明身份的人砍死在他家的一楼客厅里。

莱文夫妇很想去海地。他们上一次度假是在冬天——在加勒比海岸上度过了漫长的五天——随后便发誓不再尝试这种愚蠢的自我放纵，可这次旅行相信会有所不同。莱文夫妇都是严肃的人，在那个年代，外国影片还未在纽约公开上映，他们加入了一个热衷于在自家客厅放映外国电影的社团，马克尤其狂热迷恋法国和意大利片子。他和妻子都是卓有成就的古典钢琴家。其实，他们初次见面就是在钢琴老师家里，他上完课正要离开时她刚好来上课，两个人立刻被对方那超乎常人的身高所吸引。马克身高六英尺四英寸，阿黛尔刚好有六英尺；他们自认为这是一种缺陷，但两人在一起时身高也便显得正常了，即使这让他们在谈话间稍稍带有一丝自我保护的讥讽口吻。马克会说："我总算找到一个站着就能正视她的眼睛的女孩了。"

"是呀，"她会补充道，"总有一天他会下决心正视我的。"

阿黛尔留着一头短发，刘海下面是一张具有东方人特色的脸，宽大的颧骨使她那双黑眼睛显得又细又长。马克长着一张长长的马脸，一头浓密的鬈发，笑声里总是带着几分迟疑和腼腆，有时候他会确信自己的胃不幸在下垂，或是心脏正朝胸腔正中央微微移动，并因此自怨自怜。不过，在一种矜持的讥讽背后，他们也会很天真，以至于被卷入一场又一场理想化的社会改革漩涡之中，尽管出于审慎的考虑他们与之保持了一段距离。他在长岛市的办公室里边吃午餐边读《新共和国》报，偶尔出于职责也会看看《新民众》，有时也会边喝牛奶边翻阅法语版的《追忆逝水年华》，除了音乐之外他最爱这本书。他们乘坐泛美航空公司C-69型星座式客运飞机飞往海地首都太子港，在隆隆作响的机舱里，两个人都预感到这次旅程注定将是他们生命中接连犯下的又一个错误，但他们试图打消这个念头。

奥德怀尔家的房子是去年建成的，像一个凌乱的混凝土鸟巢似的挂在太子港的港口上方。房子是帕特·奥德怀尔夫人和女婿文森特·布里德共同设计的，参照了建筑大师弗兰克·劳埃德·赖特的理念，房子的构造使得微风能够自由地穿过那些宽敞的房间和窗户。此时此刻，奥德怀尔夫人正专心致志地和圣公会主教腾内尔、停泊于中间港的美国重型巡洋舰的舰长班兹，以及警察局长亨利·拉德伦玩扑克牌。房间里铺着一张巨大的东方地毯，一直延伸到雪白的墙边。墙上挂着许多油画，一幅瑞士画家保罗·克利的，一幅法国画家费尔南德·莱热的，还有六幅色彩明亮的海地油画，后者体现了帕特夫人的高雅品位和敏锐洞察力，因为这些画都是她在几位画家的作品尚未畅销之前买的，而它们后来都涨到了天价。那天晚上，帕特夫人与阿黛尔一见如故，聊起了右翼国会议员和共和党针对政府中的赤色分子发动的搜捕行动，认为这是对主张实行新政者的诋毁中伤，双方都对此表示气愤，并且为党内出了臭名昭著的议员麦卡锡而愤愤不平。

在离开纽约前，吉米·P事先对莱文夫妇讲述了帕特夫人的经历。帕特夫人原先是罗德岛普罗维登斯的一个社会工作者，她早年推断她那些以天主教徒为主的客户最需要的应该是避孕套，但当时避孕套销售是违法的，只能私下里交易。她从纽约购买了几箱避孕套寄售，就这样慢慢地做成了经销商，最终还开了一个制造避孕套的工厂，并借此发了一大笔财。在海地度假时，她发现她的产品在这里有更大的市场需求，便又开办了一个工厂，但这次她将大部分产品都捐献给一些非营利性机构。现在帕特夫人已年届八旬，却风采依旧，一头飘逸的银发，一双蓝眼睛犹如池塘般平和，她终其一生都在努力帮人们实现自己的人生目标。急躁的性格使她从一名天主教教徒转而皈依基督教科学派，她把基督教科学派的教义理解为笃信自立，从而表达了自身对企业家精神的个人理解，也在更加宽泛的意义上界定了她想要实现充满爱心的社会主义社会的理想目标。

她的女儿莉莉舒展身体躺在牌桌旁的沙发椅上，正在读三天前的《泰晤士报》，她说："昨天让·库尔在街上见到了查尔斯·拉贝。"莉莉曾尝试减肥，但以失败告终，此时的她身穿松垂的白色宽袍长衣，本地制造的锡手镯在手臂上叮当作响。她一眼瞥见她那十一岁的儿子彼得走进屋来，彼得是她头婚时和一个嗜酒如命的纽约戏剧评论家所生；她不禁在想，他是继承了他父亲特有的爱尔兰人身上那种令人生畏的坏脾气和英俊的外表。彼得穿着脏兮兮的褐色短裤，光着脚丫，从果盘里拿了樱桃塞了满嘴，对她的招呼不理不睬；她想，他这是在责怪自己让他成了一个没有父亲的孩子。

帕特夫人的目光从手上的纸牌移开，抬眼一瞟。"见到拉贝专员了吗？"

"是的。"

"我还以为他大约一周前就死了呢。"

“确实如此。”游戏停了下来。文森特和莱文从阳台上走进来聆听，玩牌的人都转身看着莉莉。“库尔看见了他的骨灰盒，还参加了他的葬礼。”

“他怎么知道那是拉贝呢？”

“他们一直是朋友。他说在街上看见了拉贝，上前去和他打招呼，但拉贝却径直从他身边走过去了。他说，他已经被变成了僵尸。”

“僵尸是什么？”阿黛尔扭头问文森特。作为一个牙买加黑人，文森特可能知道答案。

文森特说：“是一种奴隶。他们宣称可以使死人复活，把他的灵魂抽离出来，这样他就会完全听命于主人了。”

“它到底是什么？”莱文俯视着牌桌问道，食指按在颈动脉上测量脉搏。

“不知道，我觉得他们可能是给受害人下了药，然后假装埋了他……”

“库尔发誓说绝对看到他下葬了。”莉莉说。

“可能他看到的只是一个棺材吧，亲爱的，但……”文森特说。

“确实发生了一些很奇怪的事情。”主教打断他说。所有的人都看向他，因为他跟海地人打交道最多，除了在这个国家推广新式绘画和写作以外，他已成功地改变了一些人的信仰。他的大教堂里面粉刷一新的白墙挂满了新画作。他那微微泛着红光的圆脸让人感觉愉悦，但同时也给人一种无能的感觉，但事实上，他掩护了许多革命党人，骗过了那些持枪搜捕他们的人。“有没有下药，我一点也不能确定，”他说，“你知道，他们自有办法击中要害。我的意思是说，这更像是一种深度催眠术，他们用它来控制人心。”

“可其实他们不可能埋掉那个人，”班兹舰长说，“那样他会窒息而死的。”他头发乌黑，侧影完美，白色海军制服的立领非常合适地贴着脖颈，他看上去比身材肥胖的主教更像一个好战的神职人员。帕特夫人认为美国军队专横跋扈且诡计多端，班兹舰长十分爱国，所以反对帕特夫人的这种说法，但他认为帕特夫人是一个高贵的女人，带着雅致的神秘气息，等着人去拨开迷雾。不管怎样，这所房子是整个岛上唯一让他感觉宾至如归的地方。

“除非他们有方法能减缓新陈代谢，”文森特说，“但我不相信有这样一种方法。”

拉德伦酋长是在场的唯一一个海地人。他身材矮小，重达两百九十磅，大腹便便，看上去肚腹似乎从下巴下面就开始了。他带着满足的微笑说：“这是一派胡言！很多人看上去都很相像。伏都教也与其他宗教没有两样，只是它当然有更多的魔法成分。但你们想想《圣经》里提到的那些面包和鱼，还有水上行走吧①。”

话题随即转向了魔法，牌局重新开始了，莉莉又继续看她的杂志。文森特和莱文回到阳台上，面朝海港并肩而坐。莱文上大学时下午去练习投篮，结识过黑人，但从那以后，文森特还是

① 这两个故事源于《圣经·旧约·马太福音》第十四章。耶稣在加利利海边行了五饼二鱼给五千人吃饱的神迹，随后又行了夜间在海面上向门徒所乘的船行走的神迹。

唯一一个他有机会交谈的黑人，他给莱文留下了深刻的印象。到目前为止，他已了解到文森特是牙买加人，虽家境贫寒，但体格健壮，获得了牛津大学以及一所瑞典大学的学位，担任过联合国设立的加勒比海地区植树造林办事处的主管。令莱文感到欣喜的是，文森特显然有兴趣与他交往，而且也喜欢读普鲁斯特的作品。

“伏都教是严肃的教派吗？”莱文问道。

“嗯，你知道有种说法——海地人百分之九十是天主教徒，百分之百是伏都教徒。我个人的看法是它比什么都让人厌烦，但我认为所有的宗教归根结底都是统治社会的工具，所以我太看重它的精神层面。这个国家需要的是科学家和头脑清楚的思想家，而不是魔法师。但我认为它又像其他事物一样也有好的功用。事实上，我自己也利用过它。”他轻笑了一声，他惯于以这种方式来对自己说过的话表示歉意。

他解释说，他曾计划要种植几千棵速生树，因为木炭是这里的主要燃料。然而，在不到一年的时间里，那些幼苗全部被砍倒了，被人用马车拉走当柴火烧了。“我起先怒不可遏，气过之后，”他说，“有一天我恰好去了理发店，理发师建议我找当地的伏都教巫师帮忙。我找到了他；他安排了一场捐赠仪式，在仪式上神化了这片种植区。来看种树的人很多，此后三年内没有人破坏这些圣树，直到它们长成大树才被正当砍伐。我得说我很讨厌这个办法，但它的确奏效了。”片刻沉默之后，他问道：“你为什么对海地感兴趣？”

“我还不知道自己感兴趣呢，”莱文说，“不过，或许是受某种氛围吸引吧，一种神秘气息。我真的不知道。”

借着客厅里透出的昏暗灯光，他看着那位黑人的脸。身后的港口里海面漆黑一片，脚下这个贫穷的城市里亮起了点点灯火，一种此时他身在此处的陌生感突然袭来，还夹杂着一丝担忧，就仿佛在海里游泳时被巨浪淹没。他享受安逸的生活，但也渴望经历成为一个艺术家所要面对的风险，而不愿每天把时间浪费在生意场上无休止的争论上。“我感觉像是在单脚跳着稳步前行，另一只脚则仿佛在悬崖上吊在半空。”他曾对阿黛尔这样讲过，那一次他们共同演奏完一曲舒伯特二重奏，这首曲子让他感动得几乎流下眼泪。

“你和你的妻子想要更多地了解海地吗？我明天要去山上那片松树林。”文森特正视着他，发现这个三十多岁、肩膀厚实的白人在这个黑人国度丝毫没有感到拘束，反而自信满满。

莱文急切地想要深入了解这个神奇的国度，便立刻答应了下来。他被内心涌动的强烈渴望之情震撼了，先前几乎忘记了自己竟还保有这般激情。普鲁斯特的亲切面容在他的脑海中一闪而过，就像是一朵枯萎的花，他想。

二

阿黛尔看见停在古斯塔夫森酒店车道上的奥斯丁微型轿车，便请假告退；她宁愿在城里观光一整天，也不想侧着身子在车后座上一连坐上几小时。事实上，她打算在酒店周围逛逛；它那原汁原味的法国殖民时期的建筑风格让她联想到一个沉入海底的古董遗骸。透过纱帘遮蔽的高大窗户看过去，她都能想象出约瑟夫·康拉德[①]从窗边经过或是坐在酒店大堂那一排巨大的藤椅上的情景，这里肯定有一些马克没有耐心去逛的商店。她兴高采烈地向缓缓驶离的小轿车挥手告别。

奥斯丁车从她身边驶过，清晨的太阳低低地挂在天空，阳光洒在宽边黑草帽下她那笑容洋溢的脸庞上；柔和的光线仿佛将她提升到半空，莱文责怪自己怎么没有更经常地跟她亲热。上一次过了多久呢，一个星期？或许更久。他的内心悄悄地鸣起了警钟。他们之间常常相互讥讽，也会交换深邃的思想，但也免不了类似于生意场上才会有的那些针锋相对的对决，他下定决心要去重新了解阿黛尔。七年之痒的婚姻已经让他们失去了很多新鲜感。他得停止自我隐藏，重新开始倾听。

文森特驾车穿行在小镇的主干街道上，绕过那些垂下断线的电线杆，有些矗立在马路中间或在距边道几英尺处，就像是后来突发奇想而临时加上似的；有些在人行道上。突出的两层小楼挡住了开在街面上的店铺的光线，这些店铺里多半都有一些男人在修补罐子、修理汽车挡泥板或破损的家具。街角上的一家大商店卖的是轮胎、炉子、冰箱、鱼肉、女装、靴子、煤油、汽油等物品。银行的窗玻璃一尘不染，莱文透过玻璃看见身穿浆过的白罩衫的年轻女出纳员在一本正经地干活，这无疑是小镇上最体面的工作了。边道上站着几个衣着整洁、表情严肃的商人，他们

---

① 约瑟夫·康拉德（1857—1924），波兰出生的英国小说家，代表作为小说《黑暗之心》(1902)。

早上见面后照例庄重地相互握手。这里的一切都在不慌不忙地进行着。

每到拐弯处，文森特就用力转动方向盘。“这是英国制造的驾驶装置，”他大笑着说，“虽然很紧，但是精准。这玩意儿生来就是要磨炼人的性子的——我想我更多是在推动它而不是驾驶它。倘若远处有一点起雾的征兆，它就走不动了。”

小镇的房屋逐渐变得稀疏起来，前方的柏油马路平整得出人意料，道路蜿蜒曲折，穿过一片简陋的棚屋和小花园，花园几乎总是靠女人来打理，男人则坐在旁边跟妻子或朋友闲聊。“男人们似乎不怎么做事。”莱文评论说。

“在非洲，”文森特说，“男人打猎，女人做家务和农耕。当然，这里能猎杀的东西已经所剩无几了。他们中有些人也确实非常努力地工作，但他们需要接受教育。形势危急。这个国家仍然百废待兴。”

“他们能出产什么，”莱文问道，每一片棚屋区都树立着一块手写的广告牌，上面写着“轮胎维修”，“除了修理业以外？”

“铝土矿，一种用来制造铝的矿石。以前这里有金矿，产量不大，现在早就没了。”

莱文努力地设想着如何改善条件。“要是能接受更多的教育，他们能做什么呢？除了移居国外？”

“首先要建立一个让人满意的政府。这将是一项伟大的事业。”文森特态度严肃，情绪激动，声音因此变得低沉起来。他突然停止了说笑，莱文吃了一惊。这让他想起了多年以前自己在大学里狂热地发表政见时的情形。

汽车朝山上开了半个小时，经过的松林越来越茂密，空气也变得凉爽清新起来。“这片地界归谁所有？”

“国家。但政客们正在偷偷将它据为己有。”

“怎么做的？”

“篡改账目。”

“是不是在重新植树？”

“不是。这正是我要做的。这整片树林在劫难逃，担任公职就意味着得到了一张偷盗的通行证。”文森特说。

莱文全身紧绷，仿佛进入了戒备状态，但他立刻意识到这是多么荒谬——这片树林并不归他所有，所以无论怎样，他又能怎样呢？

突然，一个女人用绳子牵着一头执拗的山羊从森林里走了出来。她身材修长，脚步轻盈，如同梦里出现的腾云驾雾的仙女，头上裹着一条长长的绯红色丝质头巾，头巾一角垂下来在胸口飘动，像是一个伤口。她伸出一只手臂，优雅地挥动着保持平衡，宛如一名舞者。

“很多女人都非常漂亮呢。”莱文说。

“这很可惜呀，确实如此。”

前方的道路逐渐平坦起来，莱文看到一块空地上有一座阿尔卑斯风格的小木屋；尽管这里从不下雪，但是屋顶倾斜的坡度很大，屋檐进深。

“我得去向看林人致敬。”文森特边说边下了车，闪身走进了小木屋。莱文也从车上下来，舒展了一下身体，然后蹑手蹑脚地走上坡去。寂静轻抚着他的皮肤。他隐约觉得自己此时站在世上这个奇特的地方有多么奇妙。他来这里做什么呢？在车上，文森特提到他今天要来见一个男人。他当时还取笑那个男人，因为此人曾是麦迪逊大街[①]的高级广告主管，后来到这里来定居，成了本地人。他还说了更多的情况，但汽车变速器发出的噪音淹没了他的声音。此时，他从木屋里走出来，跟一个黑人谈笑风生，黑人在门口停下脚步，跟他挥手道别。

“他也是骗子之一，只是罪过较轻。”文森特边说边驶离木屋。几分钟后，他们便完全离开了公路，开上了一条林间土路。这里的树木要比森林外围的那些树木更高大，更难接近并砍伐。很快，他们来到一座简朴的木制平房前。一扇窗户的玻璃破碎了，用报纸堵着，旁边停着一辆破烂的红色福特卡车。杂草丛生的空地上散落着某种机器的金属部件，还有几个磨光的轮胎、一个大遮阳篷、一些窗框、一台生锈了的手压泵，一个废弃的室外厕所斜靠在一棵树上。一切似乎都是东倒西歪的。门廊的台阶弯曲变形了。两棵树之间拉着一根晾衣绳，上面孤零零地吊着一件文胸。文森特熄了火，但人仍然坐在方向盘后不动。他脸上那讽刺的笑意已消失不见，莱文感觉从他的眼中看到了一丝紧张的神色。

“这次又要见谁？我没太听清楚……”

“道格拉斯。这是个棘手的问题，”他说，第一次露出犹豫不定的神情，“我以前真不该让自己介入此事，可当时我没想到他竟会做到这个地步。”

---

① 美国广告业的中心地带。

“我没听懂。你到底在说什么？”文森特显然忘了并不是所有人都了解内情。

他重新在座位上坐稳，眼睛盯着那所房子，偶尔才瞥一眼莱文。“我很欣赏那个男人，但他是个怪人。心地善良，你知道，但是……嗯，我觉得你可以说他傻气。几年前他辞去了在麦迪逊大街的巴藤-巴顿-德斯廷和奥斯本（BBD&O）广告公司的重要职位，带着家人乘一艘海军剩余物资船周游，并在几座小岛上给岛民们放电影。”这时他笑了起来，但紧张神色并未消除。“还当真以为靠卖电影票给那些当地人就能谋生呢！当然，在加勒比海地区，口袋里有个二十五分硬币的没几个人。所以他就来这里了，很可能是在找他那条船能做的营生，我想。而且——天知道这个想法是从哪里冒出来的，这我一直都没搞清楚——但我认为他是在他停船的码头上看见了这个巨型油箱之后才有了这个想法的。油箱可能是从一艘沉船的残骸上脱落下来的。它能装载，我不确定，大概几千加仑的油吧。它就躺在那里闲置着。他留下来了，和他的家人一起住在船上，每次看到那个油箱都会感觉无比沮丧。”

“就因为它派不上用场。”

“当然了！是这样！”他又大笑起来，“我们都在不停地拯救海地。你身上似乎也有那种情结。”

“嗯，也不尽然，尽管我想我能理解。可能是因为那里的居民，他们看上去很……”

“友善，是的。也极其富于想象力。”最后一个词他在发音时用了一种美妙悦耳的牙买加腔调。“不管怎样，有一天他听说这里有一片森林，然后就来了，他想到可以从这些松树上提炼松香，制造松脂，进行加工蒸馏。松脂在海地很重要；人们用它来治疗风湿病、一些胸部疾病和性病，还有不少其他用途。于是他捡到了这个油箱，并且忽然想到了它的一种妙用，”他突然大笑起来，但眼中仍有担忧之色，“不仅能把油箱派上用场，还有助于保护森林，同时也能为当地居民制造大约几十种很好的就业机会。这个想法有各种不同的好处，比如松脂本身就是其中之一。”

他顿了顿，眼睛仍旧盯着那座木屋。他用舌头舔了舔干燥的双唇。“我并不是有意这么做，但我想我在不经意间给了他鼓励。当时，我是他身边唯一一个学过一些科学知识的人，虽然他真正需要的是技术上的建议。他在广告代理机构的一些朋友们给他寄来了有关蒸馏技术的文献，他又不断地向我打听连我自己都不太记得的化学知识，随后他就开工了。他首先了解到油箱需要倾斜一定角度放置——我忘了具体是多少度——但他搞到了一些土地测量员的装备，在这里忙了一通，终于找到一个完全是他所需要的倾斜角度的斜坡，雇佣几个工人搭建了一个混凝土枕来支撑油箱。当然，油箱太大了，没办法用卡车运到这里，而不幸的是，我在港口恰好给他找到一个我认识的焊接工，他让人将油箱截成小段，用卡车一段一段地运到这里，再将它们焊接起来。整个过程如此荒唐，我都……”他突然停了下来，表情十分严肃，“我感觉自己多少也有责任，尽管我也试图打消他的念头来着。即便是这样……”他再次停了下来，一脸困惑，“我不知道，或许我也鼓励过他，因为在某种意义上我很高兴有人能对这个国家的未来发展满腔热忱。我只是——我不确定，我觉得当时应该更严肃地对待这件事吧。我是指其中的风险。”

“他坚持了多久？”

“至少八个月吧，也许有一年。真是疯了——要是缺一枚钉子，从这里到港口空无一物，那他或他的妻子不得不在山里跑上跑下，再小的物件也得跑回去取。”

“可是你担心什么呢？这件事似乎并没有什么危害呀。”莱文说。

“他打算在这里点火。”

“会怎样呢？”

“油箱里就会充满水汽。他在油箱顶部安装了一种安全阀，可是天哪，我不知道它是不是合适；那只是他在港口捡来的垃圾。这种阀门有不同的排气量，我也一窍不通，不比他懂得更多。”此时，他忍不住神经质地尖声大笑起来。“蒸汽的压力要控制在每平方英寸一百七十磅左右，而他的设备不是二手的，就是临时拼装的。对于经过层层叠叠重新焊接并且瞎捣鼓出来的设备来说，这个压力太大了。老天爷知道，他可能会炸掉山头，放火烧了森林，再搭上自己的性命。”

“计划什么时候动手？”

“今天。”

“你最好偷走他的火柴，然后我们赶紧离开这个鬼地方。”两个人都放声大笑。“你打算怎么办呢？”

“哦，我当然要劝阻他。他得找专业技术人员，请他们给点建议。”

“也许他早就找过了。”

突然，莱文眼角的余光瞥见有张脸在朝车窗里看，但他一转过身，却不见了。看上去像是一个孩子的脸。

“那是凯蒂。”文森特说着便侧身下了车。他们朝木屋走去，他继续说道：“还有理查德，我记得是七岁。凯蒂大概九岁了。听吧。”他停下来，面对着莱文说：“我希望你能问问他孩子们在哪里上学。因为我觉得他们上山以后一直没去上学，只是和那些当地的小孩一起疯跑。他不听我劝，他认为我就是那些过于保守的黑鬼之一。你能帮我问问吗？”

狭窄的门廊上走来一个手臂吊着白色绷带的女人。“文森特！你来太好了！”她小心翼翼地瞥了一眼断裂的台阶，然后穿过那片杂草地向他们快步走来，朝他们伸出那只完好的手，就像一场高雅的午餐会上的女主人。丹尼斯身材娇小，性格活泼，年龄在四十五岁上下。那双目光热切的眼睛中闪动着一丝难以抑制的狂乱神色，她那一头金发凌乱纠结，莱文想这可能是因为她没法用一只手洗头发。她一直面带微笑，但头上似乎悬挂着一块“请求救援”的霓虹灯招牌。

“发生了什么事情？”文森特指了指那绷带，问道。

“噢，文森特，”她开口说道，用手紧抓住他的臂膀，她需要的不仅是身体上的支撑，她此时面容呈病态的苍白，“我在搬动一个五十五加仑重的桶时，它滑下来砸到了我。我正在慢慢恢复，但当时情况很糟糕，卡车启动不了，孩子们也不知跑到哪里去了，道格拉斯在那些油箱那边。而我不得不忙来忙去地维持局面……”

莱文看得出来，她显然把文森特当成救命稻草了；无论发生了什么事，竟要她这样一个典型的上流社会女人亲自去搬一些五十五加仑重的桶，她寄希望于他帮她逃脱这种困境。她肯定是觉得自己在做梦，直到她的手臂骨折。“来，进来吧，他肯定很高兴见到你。”进去之后，文森特才得以介绍莱文，可她几乎没看莱文一眼，她的全部注意力都集中在文森特身上。

他们一进房间就闻到一股潮湿阴冷的气息。一面墙里砌着一个用大圆石砌成的巨大壁炉，壁炉架上摆着四五本破烂不堪的书籍。屋内没有桌椅，只散乱地放着几只木箱，其中一只上面放着几个刚用过餐后未洗的脏盘子。一面墙旁边立着一架布满灰尘的做工精细的脚踏式风琴，一个满头大汗的男人坐在一只木箱上，他穿着工作靴、破旧的牛仔裤和T恤衫，头戴一顶油迹斑斑的纽约扬基队棒球帽，正在专注地研究铺在腿上和地板上的一些图纸，他的舌头从双唇之间向外伸出。他戴着一副小金丝框眼镜，其中一块镜片破了，变形的镜框上有一只镜腿掉了，代替它的是一段环在耳朵上的白线。长了几天的络腮胡子修剪得斑斑驳驳，似乎是漫不经心所为，留下了一簇簇灰白的髭须。尽管外面艳阳高照，但屋内一片黑暗；那些窗户很高，靠近屋顶下那宽大的屋檐，看起来投下的都是暗影，而没有光线射进来。

“文森特来了，亲爱的！”在他们进门时，她几乎是尖叫着说。

过了半分钟，道格拉斯才从自己的思绪中回过神来。然后，他突然跳起来，拥抱了文森特，手里还紧抓着那份图纸；他也匆匆地跟莱文握了握手，但看都没看他一眼。他的手上沾满油渍，粗糙得像砂纸。道格拉斯身材高大，彬彬有礼地弓着身子，他一开口讲话，莱文就知道他曾是常春藤联盟[①]的学子。

“好家伙，你跑到哪里去了？我等了你整整一个星期呢！”三个孩子——两个白人、一个黑人——从纱门前轻快掠过，像小鹿一样飞快地消失了踪影。

“在我们出发之前，你要不要喝杯茶？”他问道，手臂搭在文森特的肩膀上，文森特似乎想要躲避这热络的姿态。“我想我们是有茶的，对吧，亲爱的？”他四下里环顾，但却不见妻子的身影，他又朝屋后大声喊道，“有茶吗，亲爱的？”

这次仍无人应声，于是文森特建议说：“要不我们先坐一会儿吧，道格？”

“当然可以，好的，抱歉了。”道格拉斯猛然从座位上起身，拖来另一只木箱，他走路一摇一晃的，就像一头熊。此时，文森特意识到道格拉斯并没有真正注意到莱文，便再一次向他介绍了莱文；道格拉斯惊讶地转过身来，仿佛对方是天外来客。“当然！很高兴见到你。抱歉招待不周。”他呵呵地笑了笑，然后又重新转向坐在他对面的文森特。他的妻子回来了，在一只木箱上坐下，用那只没有受伤的手护着打石膏的手臂。她重新梳理过头发，还换上了一条干净的牛仔裤和一件桃红色的罩衫，罩衫大致勾勒出她胸部的曲线。她焕然一新的装扮触动了莱文。在她高度紧张的神色下，莱文察觉到她在经过思想斗争之后已下定决心要争取文森特的支持。

---

① 美国东部历史悠久的大学联合组织，以其杰出的学术成就以及显要的社会威望而著称，包括哈佛大学、耶鲁大学、普林斯顿大学、哥伦比亚大学等。

可道格拉斯对此毫无知觉。“我从上周末起就做好了准备。”尽管他在微笑，声音里却流露出一丝抱怨，“出了什么事？你跑到哪里去了？”

文森特沉吟了一两秒，然后开口说道：“我近来很忙。不过，我必须提醒你，道格，我从来没当自己是……我是说，我觉得我对此没有什么特殊的责任。”

“当然没有。我从未这么想过。但我的确觉得你有点兴趣。”

“我感兴趣，但我也不妨跟你坦白说，道格，我对整个过程并不是很有信心。至少就我目前所了解的情况而言是这样的。我上次来时就告诉过你——关于我们这里的树木种类，我已经打听过了——”

“这我知道。”道格拉斯打断文森特说。

“樟子松是最合适的树——”

“嗯，它是最好的，对，可这些树也含有大量松香。”

“道格，你一定要听我说。”文森特抬高了声调，语气中流露出的强硬第一次让莱文也感到震惊。道格拉斯不出声了，但可以看得出他在极力克制自己。“这显然需要熔炉里的蒸汽温度达到一百摄氏度——”

“八十五到一百度。”

“显然，这取决于松香的质量，而这里的松香质量很差。道格，我想说的是：虽然你把油箱重新焊接了起来，但我注意到有些地方生了锈——”

“那完全是表面现象。”

“可你对此有多大把握呢？压强可以达到每平方英寸

一百五十磅，温度可以达到一百七十摄氏度。道格，我想要告诉你的是——”

“这东西绝对安全！”道格拉斯站起身来，“你从哪里得来的信息？”

“我和班兹舰长谈过了。”

“战列舰上来的那位？他怎么可能了解松脂的知识呢？”

“他来自阿拉巴马州。他们那里产量很大，他家也是——”

“天哪！”道格拉斯面朝天空，但苍天似乎对此充耳不闻，“一个海军军官竟会喋喋不休地谈论松脂！”他在房间里咚咚地走来走去，像个受了挫折的小孩似的在大腿上啪啪地摔着帽子。“文森特，你是知道的，一直都是我说了算。我曾在一艘该死的驱逐舰上待了十六个月，因此可以很肯定地告诉你，海军对松脂一无所知。他满脑子只有他妈的锅炉，完全是风马牛不相及的事情。”

莱文费了很大的劲，努力使自己脸上保持严肃的神情。但是，道格拉斯的痛苦中有一种真诚，这深深地打动了他，如此真实的呐喊是他以前从未见过的，至少没见过哪个有教养的男人会这样。他突然意识到，不管是他还是他认识的人，从来没有人这般在乎过一件事并且这般公然地表现出来。但这一切只是为了提炼松脂吗？莱文怀疑这背后并没有利润的考虑——松脂实在是太便宜了，他是这样推断的。那么，其中的原因是什么呢？

“亲爱的，你至少应该听听文森特的意见吧。”丹尼斯说。

“嗯，你有什么建议？”道格拉斯问。

文森特稍作停顿，然后说：“道格，对于你在这里付出的所有努力，我只有表示尊敬——”

“看在上帝的分上，文斯，你就到这里来工作吧，这次你会找到自尊的，必须有人来阻止那些人偷盗树木。这个国家濒临灭亡呀，文森特!”

看到道格拉斯满眼痛苦，莱文不由得一阵反感，但马上便为自己的冷漠无情而深感自责。在这两个男人和丹尼斯决定开车去蒸馏器那边看看的时候，他心里隐隐升起一种挥之不去的无名反感。令莱文感到不可思议的是，尽管没有把握，但道格拉斯显然还是一门心思要开始加工松脂。

文森特和莱文开着奥斯丁，道格拉斯和丹尼斯开着卡车跟在后面。文森特怒气冲冲，不断地加大油门向前猛冲，又不断地踩刹车。“你知道，这根本不关我事。”不知怎的，他向莱文道歉，而莱文感觉他自己也负有一种不可名状的责任，其中的缘由连他自己也说不清楚。

“他把很多废旧杂物拼凑到一起。废旧杂物呀！如果他真要点火，我肯定不会在这里多待的。”

“他们的孩子怎么办呢?”

“我不知道。真的不知道。”

莱文看到一些树木的树干上有钢杯，文森特解释说它们是用来盛树干形成层的切口里流出来的树脂的。这里的空气几乎像北欧一样寒冷。奇怪的是山下方圆几英里处都是温暖的海水。“当然了，它们并不是最合适的松树。但是不要问我为什么。我不是这方面的专家。”

“他是怎么了?”莱文问道，“虚荣？我是说他不能指望给自己赚很多钱，对吗？”

“要是他有很多蒸馏器，那就有可能赚钱，可他却只有这么一个。但我不确定这是不是虚荣。他确实热爱这个国家，但我觉得他的妻子都快要受够了。”

“我忘记问他孩子们的教育问题了。”

“没关系，我知道他会这么回答：他会用手指着壁炉架上的那些书。一本一九二五年左右出版的世界历史，一本一九一〇年前后出版的化学课本，一本基普林[①]短篇小说集，还有一本我想不起来了……哦，对了，是世界地图册。那上面印度还用英国殖民地的粉红色标识呢。”

“丹尼斯呢？难道她不担心吗？”

“你看见道格拉斯有多固执了，”他顿了顿说，“你瞧，他正在恋爱中。”

“和谁？”

“我不知道该怎么说。或许他爱上的是这个想法。关于……”他在努力寻找合适的字眼，然后好像又放弃了，“你知道，二战期间他在这个地区追踪德国潜水艇，爱上了这里。爱上了阳光，还有那波澜壮阔的大海。当然是在旅游者到来之前，或者说技术文明出现之前。他曾经对我说，当时港口只有马车，沙滩也还是处女地。虽然到处都穷得很，但还没有遭到破坏。所以他梦想在这里生活，萌生了在船上给居民们放映电影的想法。有时我也不

---

① 基普林（1865—1936），又译吉卜林，英国小说家、诗人，生于印度，1907年获诺贝尔文学奖。

禁在想这真有那么简单吗——他只是想要开始做点事情。我觉得我们都有这样的想法，但对有些人来说，这是绝对必要的。成为某项事业的发起人、某些事物的发明者、那个始作俑者。我之所以这样说，是因为他在纽约住在一个很好的区，房产在格林威治，一应俱全。但他并没有开创什么事业。从某种程度上说，他是想开始奋斗吧，我猜。”他笑起来，摇了摇头。“如果那是他想要的，这倒是个好地方。”

“他是想做点好事，你觉得？”

“嗯，是的，他是想那么做，但我开始意识到这或许不是主要原因。”

“大概是重塑自我吧。想要成就一番作为。”

“我也这么想。”

莱文目光凝视着前方的土路，以及路面上那些小坑和大鹅卵石。他没有孩子，并且开始为自己精子数量少而感到庆幸。他只是不想当父亲，如今已年近四十，当然更不想了。一来，他有充足的时间用来弹钢琴，想弹多久就弹多久，阿黛尔也是。没什么可后悔的。或者她会同意生个孩子吗？汽车一路颠簸着，车里空间狭小，他的膝盖抵着仪表板，暗自思忖阿黛尔对于没生孩子这件事是否真正表里如一地不介意。他想起了她忧伤的神态和手势，想起了他有一次注意到她在看一个朋友的摇篮里的婴儿时眼里含着的泪珠。想到这些，他在心里唏嘘不已。他来海地做什么？他对这个荒诞的地方一无所知。顿时他感到怅然若失，感觉自己像被遗弃了一样，他突然怀疑阿黛尔是否爱他，甚至怀疑她今天临时决定留在城里是否有其他目的。一个荒谬的想法——她永远不会背叛他。可它挥之不去。一瞬间，这个想法占据了他整个大脑：她等到最后一刻才说出来，而他却来不及取消此次行程了，这样她就可以在这个陌生的城市里自由活动，一个白人妇女独自一人……

他们在公路上行驶了不到半个小时，文森特拐上一条林间小路，来到一块空地，一眼就看到了它：黑色的大油箱斜靠在山上，就像一只蜷伏的怪兽，在它旁边和上面高低错落地堆放着几个小油箱，它们和大油箱之间横七竖八地连着一些管道。一旁有一大堆松木，大约有两个男人的高度，还有一台水泥搅拌机，几只木桶、钢桶，几条睡着的狗，六个男人在四处走动，有的正在喝水，有的正在一起放声大笑，有的在呆呆地发愣。

丹尼斯走近时，莱文下了车。文森特和道格拉斯一同朝那些油箱走去，道格拉斯边走边解释着什么。丹尼斯用密谋般的语气轻声说："我们有一架风琴，你知道吧。"

"是的，我注意到了。"

"也许你可以给我们弹上一曲。"

"哦。我……"她是怎么知道他会弹琴的呢？回答不了的问题让他感到精疲力竭。他甚至都不确定自己告诉过文森特他和阿黛尔会弹琴，这时文森特的声音让他将视线转向了那些油箱。

"你必须要听我一句，道格拉斯！"他在大喊大叫。道格拉斯不断地扭动着身体，试图打断文森特的话，他仰头向天，一只脚跺地。"我知道这对你来说意味着什么，道格拉斯，但这都是错的。没做专业的核查，你不能开工。"

"你——"

“不行！”文森特大声说道，声音中流露出恳求的语气，“我不能胜任这项工作，我已经告诉你多少次了，而且我也不会为这一切负责——”

“可这压力并不……”

“这个我不懂，你也不懂！我告诉你再等等。再等等吧，看在上帝的分上，先找一个——”

“我等不了。”道格拉斯平静地说道。

这一刻莱文想起来总是感到震惊，道格拉斯不再大喊大叫，反而平静下来，远处链锯的声音也沉寂了。整个世界仿佛都在专注地聆听这里的声音。

“你为什么等不了？”文森特问道，好奇心压倒了怒火。

“我生病了。”道格拉斯说。

“你是什么意思？”

“我得了癌症。”

文森特本能地伸出手，握住好友的手腕。这时，工人们站得太远，听不见这场对话，他们都在等待道格拉斯的命令。“在我死去之前，我一定要看到它开始运转。”道格拉斯说。

“好吧。”文森特同意了。丹尼斯走到道格拉斯身边，紧紧拉着他的手臂。莱文感觉到他们之间深沉的爱，她并不适应这里的生活，甚至还牺牲了孩子们接受教育的机会，就为了让道格拉斯能在这里实现他的梦想。“我下午要回港口。我打几个电话吧，”文森特说，“我保证我能找到人，必要的话，从我们的迈阿密办事处调人过来。那里肯定有人知道我们要找什么人能给我们提供专业意见。”“我们”这个字眼似乎消除了道格拉斯那强硬的防御姿态；他们终于达成了共识，这至少在一定程度上证实了这件事的价值，使其变为现实。道格拉斯抓住文森特的脖子，将他拉近；丹尼斯则探身上前，吻了吻文森特的脸颊。文森特脸上露出的欣慰表情使莱文感到惊讶，他庆幸这两个好友之间没有爆发一场争斗，但是与文森特不同的是，他并没有被所有人突然表现出来的乐观情绪所蒙蔽。毕竟，不管是油箱还是整个生产流程，问题尚未得到解决；这个项目仍被不祥的氛围笼罩着，失败的可能性尚未排除。虽然他们三人在冲动的热情下达成了相互谅解，但局面并未因此改变。

回到平房以后，道格拉斯和丹尼斯站在门前挥手道别，文森特倒了车，拐上了来时的那条小路。莱文心想，他们和解后皆大欢喜，而几个小时前这里还是一派剑拔弩张的紧张气氛呢。汽车在坑坑洼洼、砾石遍布的道路上艰难前行。莱文揣摩着自己到底错过了什么，这一切为何发生了如此转变，尤其是文森特的态度。他能想到的只是那些显而易见的——文森特虽然并非出于本意，但最终还是同意参与其中，即便他不接受自己对该项目负有责任，却主动提出要到外面去请专家。从这一点来看，文森特至少还是认同了道格拉斯的梦想。

“你会给迈阿密打电话吗？”莱文问道，他无法掩饰语气中流露出讽刺的意味。

文森特瞥了一眼。“当然了。你为什么这么问？”莱文的语气似乎冒犯了他。

“只是因为……”莱文突然停了下来。整个事件在他的脑子里如同一团乱麻，他不知道该从何说起。“你好像突然，怎么说呢，对这个项目有了信心。我原先以为你根本没有把握。”

“我不记得我说过我对它没有信心，可我还是不知道自己到底有没有信心。我只是很高兴他愿意将这件事情暂时先放一放。”

“我明白了。”莱文说。

他们默不作声了。换句话说，莱文估摸着文森特是为了不和道格拉斯争吵，才假装相信整个项目的可行性，而道格拉斯同样也是假装相信除了自己之外还有人愿意为这个有可能带来巨大灾难的项目共同承担责任。他们两人都幻想着对方与自己志同道合。莱文感觉内心一阵喜悦，拨云见日的喜悦，他不禁想起了普鲁斯特。然而，眼下他对这位伟大的作家有了不同的认识；他对自己说，普鲁斯特也是一个自欺欺人的人。他假装自己对城市、街道、气味、人物的描写绝对准确，但其实他描写的只不过是他自己的幻想。

莱文没有意识到他们竟然在山上待了那么久。午餐时间已过，他们在路边吃了文森特带来的三明治；等他们下山到了森林外围时，天已经黑了。莱文接替文森特开车，一边和文森特聊天，一边还要努力看清这蜿蜒陡峭的山路。他意识到车前灯越来越暗，突然车灯完全熄灭了，引擎也熄了火。他将车子缓缓滑行到路边，踢了踢车厢地板上的启动按钮，但车子仍然一动不动。“电池没电了。”他说。文森特从仪表板储物柜里找出一个手电筒，他们下了车，掀起发动机罩。莱文拧了拧蓄电池缆线，然后又试着按了按启动按钮，但没有动静。两个人在黑暗中站着，周围一片寂静。

“现在怎么办？”莱文问，“你知道周围有人吗？”

“他们正看着我们呢。”

“在哪里？”莱文转身看向路边。

“到处都是。”

“什么？”

“等着看热闹呢。”文森特自鸣得意地大笑起来。

“你是说，他们真就坐在那黑暗之中吗？”

“是的。”文森特坐在前保险杠上，身子微微前倾。

莱文朝黑漆漆的路边竖起耳朵。“我听不见他们的动静。”

“你当然听不见。”文森特轻声笑了。

“你说他们在想什么呢？”

“好奇呗。”

莱文挨着文森特在保险杠上坐下。他能够听见朋友的呼吸声，但是由于没有月光，他几乎无法看清对方的脑袋。就连天空都暗淡无光。黑暗中真有人在看着我们吗？他们在想什么？是不是想打劫我们？或者，他揣摩着，他们把茂密的草丛当成了剧院，正在乐滋滋地看我们呢，那我们是不是就像两个演员？

“我们可不可以让汽车慢慢滑行？我们可能会发现村庄，你说是吧？”

“嘘。”

莱文侧耳倾听，不多久便听到远处传来马达声。两个人都站起来，望向声音传来的方向，也就是他们去过的那座山顶。远处，车灯不断晃动，不一会儿夜幕下就出现了一辆卡车，这辆敞篷卡车的平台上站满了人。文森特和莱文挥手拦住了卡车，文森特用克里奥语[1]向司机解释说他们的汽车电池没电了。司机打开车门，跳下车来。他很年轻，身材匀称，讲一口令人吃惊的地道英语。“我想有个物件可能会帮上忙。”他说着便朝卡车后面走去。他打开后挡板，大声吆喝着乘客们跳下车。他们纷纷下车，毫无怨言。这事让他们感到有趣。司机跳上平台，用力掀开防水油布，露出一堆隐约像是垃圾的东西。他一直在说英语，无疑是想在白人[2]面前露一手。“我想这里可能有……哈！”他手舞足蹈地从平台上跳到路面上，把一块汽车电池递给莱文，这时他的乘客们和他一齐爆发出得意扬扬的笑声。他又匆匆回到驾驶舱，从座位底下拖出几个扳手，回到小轿车旁，卸下旧电池，装上新电池后，用钳子紧了紧缆线。莱文钻进车里，转动钥匙，汽车重新发出尖锐刺耳的轰鸣声，车前灯也亮了起来。他从车上下来，站在那里，跟司机和满心欢喜的文森特一起笑了起来。

“我们给你钱吧，”他说，“请允许我们……[3]”他站在奥斯丁轿车射出的明亮灯柱里，无比感激地掏出钱包来。

“不，不。”司机边说边举起手掌。然后他用克里奥语跟文森特说了几句话，文森特翻译给莱文听。

“他说我们只要过几天把电池还给他就行了。”

“可他的地址是哪里？”莱文问。那司机已经坐回卡车里了。

“他只说把它拿到一个码头去找约瑟夫。他说大家都认

① 一种混合语，英语、法语、西班牙语、葡萄牙语等欧洲语同本地语，尤指西印度的奴隶使用的非洲语言，经过早期混杂阶段而最后形成的一种母语。

②③ 原文为法语。

识他。”

“可是哪个码头呢？”

“我不知道。”文森特说。他们重又回到车里，继续朝山下开去。

还是莱文开车，他内心却一直在感叹这次的获救经历，还有那司机对人的信任和慷慨。更让他不可理解的是，那些旁观者竟然见怪不怪。难道这只是他们奇幻生活中的寻常一幕？这两个白人意外出现在黑漆漆的公路上，防水油布底下恰好有这块电池？而这块电池居然恰好是适合奥斯丁的型号？而且还是充好了电的？

“你觉得他们是怎么看这件事的？”莱文问道。

“刚才发生的这件事？”

“是的。我们意外出现在这里，而他刚好有块电池，还有这一切。”

文森特轻笑道：“天知道。可能这一切都是必然。像所有其他事情一样。”

“他甚至不想要我们的钱，难道他们不觉得奇怪吗？而且他还相信我们一定会把电池还回去？”

“我不认为他们觉得这有什么奇怪的。因为在某种程度上，所有事情都很奇怪。我想这只是又发生一件罢了。他们经历过的一切大都不容易解释清楚。这就像一条宽广的流动的……无论什么吧。时间之流，我想是。”他沉默下来，只是偶尔指点莱文该在哪个路口转弯。小镇在黑暗中沉睡，只有一家商店还在营业，店里人们坐在橘黄色的灯光下喝着软饮料，孩子们在暗影边缘玩耍，有一头被拴着的驴子在垃圾堆上大声咀嚼。

三

三十年过去了。确切地说，应该是三十三年，马克·莱文一直在努力精确地计算时间，他把正在流逝的那些小时和星期称作“清单上的最后一项”。他越来越为时间所困扰，他告诉自己说这不一定是一件好事。年过七旬的他在房前门边的小花园里打了很多洞，此时正将郁金香的球茎扔进那些洞里。很早之前，阿黛尔每个秋天总是吩咐他做这件事，可这次他却怀疑自己能不能看到花开。正如一些梦里出现的场景一样，现在所有的事他都要花上很长时间才能完成。他能听见不远处浪花涌动的隆隆声，便无端地为海洋就在近旁而心存感激。网袋里现已空无一物，他在用细沙土将这些球茎掩埋后踩实，把挖掘工具拿回车库，然后穿过地下室，拾级而上，来到了厨房。厨房的桌上平摊着一份尚未翻动的《泰晤士报》，上面的新闻已经过时，他很想知道自己这一生中读过多少吨《泰晤士报》，读不读它到底有没有关系。他在周边几个小镇上看过几部好电影，对电视没有兴趣。他已有两个多月没碰过钢琴了，那架黑色的钢琴发出无声的抗议。外面的沙土街道上，阳光正在迅速地消失。除了自怨自怜并极力克制它以外，他又能如何打发夜晚的时光？

在阿黛尔死后的六年里，他钢琴弹得越来越少，逐渐意识到他以前弹钢琴是为了获得她的称许，无论如何在某种程度上是这样，而现今这一切已经失去了意义。不管怎样，他终究还是承认了自己永远也达不到曾经梦想的水平这个事实，在他形单影只时当然就更难说了。他来到厨房的料理台旁，便顺势在上面坐了下来。他身体健康，没有病痛，但是体内有一只训练有素的眼睛还在监督着心跳和胃的蠕动。他对自己说，摆在他面前的问题是要不要起床，为什么要起床，起床后要去哪里：客厅、卧室、客房，或是在空荡荡的大街上走走。他是个自由的人。然而，事实证明，没有义务的绝对自由完全是另外一回事。在这种无所事事的状态下，他的思绪总会回到那些逝者身上，想起他那些为数不多的朋友，最后一个朋友刚刚去世，而他还活着，这使他不无自豪地揣摩着自己为什么如此被命运青睐。但是，所有最重要的问题都是无解的。

打电话给玛丽？和那位亲爱的朋友像情人一样聊聊天？只有拨打她的电话号码才能让一切保持不变，他的年龄仍然是她的两倍多，他仍然是并将永远是她唯一的朋友。与自己所爱的人做朋友是一件多么愚蠢、多么可怕的事情呀！“可是如果我和你做爱，”她说，“那我就会跟某人产生隔阂。”是的，那是她的同代人。又是时间问题。然而，他内心那个自私小人不断地叫嚣着，最后才乖乖地安静下来。最好不要打电话给她，还是让自己向一个能够产生效益的方向发展吧。在他下跪屈服之前，他要做一个自由的人。

最后，不可避免地，他的思绪像一只盘旋的小鸟，又回到了阿黛尔身上，他一次又一次地回想起那个历久弥新的画面：她从那辆奥斯丁上下来，头戴一顶黑色宽边草帽，站在古斯塔夫森酒店门前；清晨挂在低空的太阳将她悬空笼罩在金黄色的光线里，定格在那里，最终成为永恒。她那时是多么美丽！他多希望自己给了她更多的爱！不过，他也许给得够多了；谁知道呢？他站起身，套上挂在前门边的一件轻便夹克，来到街上，秋天的凉意使他精神一振。

太阳就要下山。他迈着比过去更小的步子，慢慢地走过街道，来到了海滩，他静静地站在那里，望着太阳渐渐地消失在地平线。他动作僵硬地蹲下身去，坐在微凉的沙滩上。海浪轻轻涌动，偶尔有巨浪打来。快到十月份了，海滩空无一人，他身后的大多数房子也一样。他想起了山上那片松林里的道格拉斯。可能现在已经死了。就像可怜的文森特一样；就在他们那段短暂的相识后，他被当地的医生误打了某种针剂。

他在想，除了他，还有人记得文森特吗？（这一切在他的记忆中如此鲜活，怎么会是发生在三十三年以前呢？）他凝视着海浪，此刻突然想起吉米·P（也已过世）有一次提到过那个松脂蒸馏器仍然未曾点火。是由于害怕呢，还是出于某种商业原因呢？他感到纳闷。或者是吉米搞错了？但是，最重要的问题总是无解的。

他讨厌自身的孤独，它就像是一个臭烘烘的衣橱、一条湿淋淋的毛巾、一双松脱的鞋子。那为什么不向那个女孩求婚，让她成为他的继承人呢？可钱对她来说毫无意义，而他剩下的时日不多。然而，这无尽的空虚无聊的日子将在他面前空洞地展开，令他难以忍受。何不去海地看看？去看看事情的结局如何吧。虽然这个想法看似荒谬，却使他恢复了生机，赶走了一身的疲惫倦态。可他去找谁呢？帕特夫人现在肯定已经不在了，她的女儿很可能也去世了。想到世上大概只有他一个人还在心里保存着这些人的形象，他觉得非常诡异。除了存活在他头盖骨下那团柔软的组织里以外，他们或许并未存在过。在他们当中，莱文对道格拉斯的记忆最为生动鲜活，尤其是他那顶扬基队棒球帽和低沉洪亮的嗓音；他还能听见他在呐喊："这个国家濒临灭亡呀，文森特！"此人内心极度痛苦！他一定是胸怀大志，要……要怎样呢？他想要做什么呢？

凝望着那片灰蒙蒙的海面和天色渐暗的天空，莱文突然意识到，对道格拉斯而言，那个松脂蒸馏器无疑是他所创造的一件艺术作品。为了制造出他在脑海中勾勒的一个美好幻象，道格拉斯牺牲了他自己、他的事业、他的妻子和孩子。莱文暗自思忖道，他不像我，也不像大多数人那样，这些人从不去拦截那一道能够激发他们去创造新事物的无形光柱。他心想，重要的是去创造，去创造一些从未有过的事物。"而这个，我一辈子也做不来。"他大叫起来，此时感到寒意料峭，便迈着沉重的步子，沿着海滩兴冲冲地朝家里走去。

他在客厅中央静静地站了一会儿，突然想到一个问题——他叫什么呢？那个谁的小儿子——她又叫什么来着？对了，莉莉·奥德怀尔。彼得！对，他叫彼得。他会不会还在海地呢？他现在大概只有四十来岁。记忆中第一次，他再次感受到生命在体内涌动。此刻能够站在这里，笔直地站在大地上，这有多么值得自豪！能够自由地思考！能够天马行空地想象！他拍了拍手，迅速地在电话机下面的抽屉里找到了阿黛尔的旧通讯录，找到了他们的旅行代理人的电话号码。肯德尔旅行社。肯德尔夫人，没错。一个非常乐于助人的女人。

“肯德尔旅行社，我能帮您做点什么吗？”

她还活着！他听出了她的声音。当他意识到自己要独自一人去海地时，他便陷入了自怨自怜的泥沼。然后，一想到亡妻，他又感觉极度痛苦。最后，坐在飞机上，他不禁怀疑自己为何要这样做，去那样一个大家都说已经坠入深渊的国家。这是为什么呢？难道只是因为他是一个闲来无事的老人，需要找点事做而已？这让他感到迷惑不解。

彼得·奥德怀尔竟然还记得他，这让莱文大吃一惊；不过，当他走进码头上那间乱糟糟的小办公室时，他倒是一眼便认出了彼得。两扇预制金属窗外面朝港口，港口里停着许多半沉的废旧船只和一艘锈迹斑斑的货船，货船的甲板上空无一物。莱文在来这里的路上穿过了一个波纹钢铁建造的仓库，仓库里有十来个黑人工人正在组装椅子并把它们打包装箱。

在莱文印象中，彼得还是那个皮肤黝黑、光着脚丫的小男孩，记得在他们到海地的第一晚他把樱桃都吃光了，只是现在长大了，个子几乎和他一样高，身材健壮魁梧。他脸上带有恶意，或者只是粗鲁，这很难说，但他有一双水汪汪的灰眼睛，看上去酷似德国魏玛猎犬。

“我们制作椅子出口，是用酒椰树的纤维编织而成。”彼得这样回答了莱文的问题，“什么风把你吹到海地来了？你又是怎么找到我的呢？”

“是通过古斯塔夫森酒店的经理。”

“对。菲尔。我能为你做点什么呢?”他的眼中露出一丝不安。

“我不会占用你的时间——”

“我记得那晚你弹钢琴来着，和你的妻子演奏了一曲二重奏。”

“我都忘了这件事。”

“那是第一次有人用那架钢琴弹出了真正的音乐。”

“我已经很多年都没想到这件事了。事实上，既然你提起来，我想那应该是舒伯特的曲子。”

“我不了解那种音乐，可真是太棒了。”彼得不加掩饰的赞赏让莱文感到惊讶，也让他精神大振。“你还弹琴吗?”

“不，不怎么弹了。我的妻子去世了，这是其中一个原因。”

“哦，抱歉。那么，我能为你做点什么呢?”他重复道，这一次语气里多了几分坚持。

“我一直想知道松林里的松脂蒸馏器后来怎么样了。”

“什么?”

“道格拉斯那家伙在那里装配的松脂蒸馏器呀。他是文森特的好朋友。”

“文森特死了，你知道。”

“我听说了。你不认识道格拉斯吗?”

彼得摇了摇头。

莱文感觉有些意外；他原先以为在这样一个白人少得可怜的小国里，白人们肯定都彼此熟识。他有点慌了神，看到彼得脸上茫然的表情并不是装出来的，他脑子里突然闪过这样一个问题，道格拉斯是否真正存在过（当然，这毫无疑问）。

莱文笑了笑，向彼得轻描淡写地解释道："道格拉斯算是个奇才。他和他的家人住在山上那片森林里的一所破旧平房里。"

彼得摇了摇头。"我从没听说过他。我妈妈认识他吗？"

"我想不认识吧，但我肯定她听说过他。她现在还……"

"她去世了。奶奶也不在了。"

"我很抱歉。"

"你找他有什么事吗？"彼得至少对此产生了兴趣，但面对这直截了当的提问，莱文却不知所措。他找道格拉斯到底有什么事呢？"我觉得我……嗯，那个蒸馏器到底有没有运转，我很好奇。因为文森特一直很担心，你知道，担心它会爆炸。"莱文觉得这个解释似乎很荒诞。是三十多年前可能发生的一次爆炸把他带到了这里吗？为了让自己的话真实可信，他开始谈论商业上的事情。"他那时打算从松树上提炼松香。他认为松脂在这里有很大的市场。"

令他惊讶的是，彼得的表情变成了好奇，还带有一丝同情。"用那些松树，真的吗？"显然是有某种东西激发了他的想象。

见彼得并没有认为他疯了，莱文松了一口气，接下去便进一步讲起了那些具体细节。"文森特认为那不是最好的松香，但还算凑合吧。可那整套设备是用一些零部件临时拼凑、黏合起来的，而压力非常大。我想知道它到底炸掉没有。"

"这就是你来的原因？"彼得问道，语气里更多是好奇而不是批评，这让莱文意识到他们之间也许有着某种共同的需求，现在还不确定，或是某种共同的看法或情感。他把心里的话都说了出来，感觉轻松了许多。他笑了笑说：“我想再去那上面看看，虽然它现在很可能已经不在了。但或许还在呢。”

“你打算怎么上去?”

“我不知道。我想，如果还有可能的话，我就租一辆汽车。据我所知，这里是一片混乱哦。”

“我带你去吧。”

“真的?那太好了。我随时都可以出发。”

“明天怎么样?我先得在这边处理一些事情。”彼得站起身来。莱文也站了起来，心怀感激地伸出手去，他感到了彼得握手的力度，觉得自己似乎已经从水里来到了陆地上。

陆虎卡车艰难前行，柴油发动机像一根转动的圆筒轴承那样发出轰鸣声。彼得身穿一件黄褐色衬衫和一条粗布裤子，足蹬一双厚实的破旧工作靴，头戴一顶印有德士古公司[①]标志的棒球帽。他的衬衫袖子整齐上卷，露出粗壮、黝黑的手臂，肌肉像马的脸颊一样紧实。前座后面铺着一张大号褥垫，褥垫上盖着一条红色格呢毛毯，前端放着两个枕头。古斯塔夫森酒店经理正站在酒店门口跟莱文闲聊，见车子停下来，他诡异地笑了笑，说了句“那张褥垫可见过不少世面呢”。彼得面容清爽，皮肤晒得黝黑，看上去很英俊。与昨天见面时不同，他似乎放下了戒备，表现得跃跃欲试。他们驶离了城区，朝山上的松林开去，他的声音里流露

① 美国大型石油公司之一，世界著名的跨国石油公司，主要从事石油和天然气的勘探、生产、炼制、运输和销售。

出愉快之情，仿佛很喜欢这次短途旅行。“我小时候上山来过这里，后来就再也没有来。”他说。

“还有其他上山的路吗？”

“没有。怎么了？”

“我记得它不是这个样子的。这里不是有一片森林吗？”

“有可能吧。”

爬山时，彼得从四挡换成了三挡，在有些地方他不得不挂二挡。道路两旁，裸地被风化成沙尘，一直向远方延伸。莱文的记忆中还有那些树木的影子。展现在他们眼前的是一片广阔的米白色基岩，道路已然消失得无影无踪了。

“到山顶还有多远？”

“至少一个小时，这条路可能还要花更久。”

“文森特说过他们在盗伐森林。”

“是的，偷得精光。”

“这我真不敢相信。”莱文朝这片遭到毁坏的风景挥了挥手。

彼得只是点了点头。很难说他在想什么。他突然刹住车，仔细打量着一条横亘路面的几英尺深的沟渠。然后他把车开进沟里，再重新爬出来，卡车那僵硬的车架在吱吱作响。

“天哪，我记得这里有一条好路。”

“水土流失呗。由于树木都被砍光了，最近几次飓风把它彻底摧毁了。”

“看来它永远地消失了。”

彼得微微点了点头。

“就好像他们吃掉了整个国家，然后又把它排出来了。”

彼得瞥了他一眼，莱文后悔刚才的一阵发作；这里什么都没有了，愤怒使他几乎无法自己。

实际上，莱文的愤慨让彼得想起了自己儿时认识的人们。他的爸爸，还有祖母和母亲，过去常常这样讲话，好像是应该要做点什么了。这个想法就像旧式民间爵士乐一样，隐隐约约地激发了他的兴趣。他很喜欢那爵士乐的节奏，但歌词却老掉了牙，透着一股傻气。

这里的基岩都是歪斜的。彼得不得不抓住车门把手，以使自己不会倒在莱文的身上。而莱文则紧紧地抓着仪表板。莱文不记得以前有类似的事情发生。这时，右边出现了一些人影，地面上似乎还摆着几张桌子。彼得穿过了岩石遍布的沙漠，将卡车停了下来。那些桌子后面有一片挤作一团的简陋棚屋，像个小村落。这景象让彼得感到新奇，也同样让莱文自己觉得新奇。

她们大多是衣衫褴褛的女人，每个人都围着自己的桌子走来走去，把她的陶器摆出来；在没有任何买主光顾的情况下，这些陶器显得与环境很不相称。彼得和莱文在这些桌子中间穿行，朝女人们点头致意，而她们却丝毫没有反应。桌上摆的是旧梳子、不配套的餐具、刀匙和餐叉——有些生了锈——其中一张桌子上还摆了几只因为日晒雨淋而不再透明的汽水瓶、几个瓶盖、几支铅笔和铅笔头、几双破旧的鞋子，大人们脚下到处都是饿得浮肿的孩子，有些不到一岁，满嘴都是沙尘。彼得挑了一只刻着一些不明文字的小汤匙，给了那女人一些钱。最后，他们终于停下脚步，环顾四周。人们假装不看他们。

“她们为什么这么做，顾客会从哪里来呢？”

彼得耸了耸肩，这个问题似乎让他心烦，就好像莱文在一座坟墓旁边讲话声音太大似的。他们又回到车上。

道路两边有几英尺被剪断的缆绳，此前用来标识路面的边界，如今这条路通过它们仍依稀可辨。“我没说错吧？”莱文问道，“这里以前都是森林，不是吗？”

“我不知道。可能吧。不过，这座小岛在一百年前有百分之八十都被森林覆盖，但现在却不到百分之三了。”过了一会儿，他说：“你说你见过道格拉斯那个人？”

“是的。只是一面之交。我只在那上面待了一天。”

“他当时想做什么？”

“很难讲清楚。他那时几乎算是狂热了。文森特觉得他有点疯了，但是他想为这个国家做点事情，也是为了他自己。创立一个小产业，制造一些就业机会，让人们活得体面些。我听到他是这么说的。”

“这是你感兴趣的原因吗？”彼得的语气中丝毫没有嘲讽和取笑的意味。

“我不确定，”莱文说，“从某种意义上说，我觉得是吧。”

“从哪种意义上说呢？”

“我不知道该怎么说才确切。我猜是他的信仰吧。它让我印象颇深。他虽然行动有点疯狂，可我想他热爱这个地方。”

彼得突然转头看看莱文，然后又转头看看那条路。“他爱这里的什么呢？”他问。这个问题对他来说似乎很重要。

“嗯，我不知道，”莱文笑了起来，“既然你问起来。”过了一会儿，他说道：“你一点都没听说过道格拉斯吗？”卡车在剧烈地左右颠簸。

“没有。我那时在这里四处乱跑，就没停下来听他们说话。”片刻，他又迟疑地问：“你跑这么远来这里，就是为了这个吗？”

莱文有点尴尬。“嗯，我没什么事可做。我的妻子去世了，所有的朋友也都去世了。我不知道为什么，但我经常会想起这个家伙。我总是想起他。坦白告诉你，”他用力咧开嘴，笑了笑，“有时就像跟我梦里出现的一样。而现在，我来了这里，”这时他大笑起来，“而当年的目击者全都不在了。”

彼得默默地开着车，小心翼翼地绕过那些大坑。他们开始穿过一片片幸存下来的松树林，空气变得凉爽起来。莱文继续说：“实不相瞒，我真不知道自己为什么来。我只是觉得我必须来。这差不多是一个……”他又大笑起来，“精神健康的问题。”

彼得瞥了他一眼。

“如果可能，我真的想找到那个蒸馏器。只是再看上它一眼。”

“我理解，”彼得说，然后又补充道，“我也想看看。”

他们艰难地缓缓驶出一个干涸的河谷，到达了山顶，看见前方一百码开外的荒地上也停了一辆陆虎，车旁边围坐着六个人。彼得停下车来，下了车，莱文跟着他走到那辆车前，原来是一辆出租车，车子向右侧倾翻。车下躺着一个男人——莱文猜测是司机正在修车。旁观者是奇怪的一群人：一个闷闷不乐的女人身穿红色短裙、黑色网状长袜和高跟鞋，戴着大大的铜耳环，头发高高地盘在头顶，她坐在干燥的地面上铺的一张报纸上；她身边坐着一个身材矮小、大腹便便的男人，屁股后面别着一把手枪，他不时地扫她一眼，像一条正在看守绵羊的狗。一个瘦骨嶙峋的女人坐在一块扁平的石头上，手上抱着一个婴儿。另有两个年轻的农民站着在抽烟。还有一个年轻男子坐在地上，头埋在膝盖间。

彼得弯下腰朝汽车底盘下看去，那群人谁都没说话。他也没和那些人打招呼，也没有正眼看他们。这时，他用克里奥语跟出租车司机攀谈，那司机停下手里的活，轻声回答了彼得的问题。莱文听到身后一阵嗒嗒蹄声，回头看见一个人骑着一匹白脸的棕色马穿过荒地，朝他飞奔过来。这匹马虽然身形矮小，但体型漂亮，长着阿拉伯马的马头和修长的马腿，它有些焦躁不安，当骑手勒住缰绳时，它仍然一刻不停地用马蹄踢着碎石子。马的脖子上整齐地绕着一根缆绳那么粗的绳子，一直绕到马的下颌。骑手留着一头拉斯特法里派式长发[①]，脸上洋溢着微笑，“上帝保佑你们所有人！”他兴高采烈地大声说道。“想想这世上的那些苦难，感谢上苍赐予的强健气魄和高昂情绪！我问候你们，兄弟姐妹们，送上我所有的美好祝愿！”

那群人转过身去听他讲话，却没有任何反应。彼得站起来，朝骑手走去，说道：“他们遇到了麻烦。”

“是的，我看到了，”那人说，“但我们必须相信这还不算太糟糕。”

“我想买你那根绳子。”彼得指着马脖子上的绳子说。

“哦，我很抱歉，那可不行。我需要用它来拴马，不然我一

---

① 又称“骇人”长发绺，即洗后不梳理，趁头发未干时紧编成辫子或做成长卷发，任其垂下。

下马，它就跑了。”

“我付钱给你，你可以再买根绳子。”

“可我怎么从马背上下来呢？”

“你去买绳子的时候，可以找人帮你拉住它。”

“不，不。”

“我出一美元买你这根绳子。”

“不，不。”

“那就两美元。”

“买这根绳子？”他似乎在重新考虑这件事情。

“是的。”

“不，不。”骑手说。那匹马眼睛骨碌碌地转着，突然上蹿下跳地转了一圈，又重新面向彼得。骑手莫名其妙地解开那根绳子，圈圈地松开，让它落在彼得手里。彼得伸手去取钱包，但骑手奋力勒住缰绳，向左向右转来转去，让自己一直面对着彼得和那群人。他举起一只胳臂，大叫道：“感谢上苍吧！”然后便俯下身子，紧贴在马鞍上，马飞奔而去，马蹄扬起的碎石子哗啦啦地沿着那光秃秃的斜坡滚落。

莱文想起三十年前那块电池的意外馈赠，脊背上一阵发凉。彼得蹲在卡车旁，指挥着司机在车体下放千斤顶。一个马蹄螺栓断了，导致车体接合处的弹簧松脱。他的指令十分简短，似乎透着不耐烦，有时还有一丝鄙夷。“不！左边点，左边！难道你左右不分吗？按住它，用力敲进去。好。现在出来吧。”司机扭动着身子从卡车底下慢慢地爬出来，随后彼得仰面躺在地上，带着绳子迅速挪了进去。那群人一言不发地观望，看得津津有味，却躲得远远的。在彼得忙活的时候，每个人都只是静静地等着。不一会儿，他从卡车底下溜了出来，那个屁股上别着手枪的男人递过来一块蓝色印花大手帕给他擦手，他点点头——虽然不是明确的致谢，却也算是一种无声的致意——接过了手帕。那骨瘦如柴的司机已经筋疲力尽，站在彼得面前行了个礼。

彼得说："开慢点。它支撑不了多久。要很慢才行。"

那群人鱼贯上了那辆陆虎。莱文帮彼得掸掉衬衫背后的泥土。带枪的男人护卫着那个红衣女人，一只手按在她的后腰上。那男人谄媚地向彼得不断点头，彼得把手帕递还给他，用手指了指别在他臀部的手枪。

"这里需要这个？"

"坏人开始在树林里出没了。"男人回答道。

"山上没有军队吗？宪兵队？"

男人仰头无声地笑了笑，朝他行了个礼，跟在那女人后面上了车。

彼得一言不发地开着车，看上去有些气愤。莱文觉得自己应该为彼得弄脏了的衬衫负责，为这次徒劳无益的危险旅行负责，甚至为他们要穿越这片荒地的丑陋负责。

"怪事，他竟然把这根绳子免费送给你了。"他说道，试图让彼得心情好起来。然后他给彼得讲了三十年前几乎在同一个地方有个男人借给他电池的故事。

"这算什么？"彼得问。

"我不知道，只是觉得不同寻常。或者，他们通常都是那样帮助陌生人吗？"

彼得沉吟了片刻。“我觉得不是。可我不知道这些人是着了什么道。我想他只是想要这么做吧。”

莱文突然想到彼得停下车来帮助那个出租车司机修车，没有想要给自己赚取任何回报。他感到羞愧，又觉得自己很愚钝，他试着去理解身边这个男人却没能做到，正像他无法理解那个骑马人的馈赠，还有多年以前无法理解那个司机一样。或许，令人困惑的是彼得对自己的帮助对象缺乏情感和热情的事实。他在指挥那司机时语气甚至近乎鄙夷。那他为什么还要费力帮忙呢？

道路两旁出现了一些参差不齐的松树，其间还有许多树桩。路面在这里又变成了黑色柏油路。彼得瞥了莱文一眼，说：“我们应该再靠近点。你认出什么了吗？”

“他们住在路边的一所平房里。如果我没记错，离看林人的办事处不远。我想它应该是在马路右侧，但现在那些树都没了，很难辨认。”

“我想那办事处应该还在前面一点，或许我们可以在那里打听一下。”然而，在一条向右延伸的土路边，莱文突然认出了一堆白石头。“是这里！”他大叫起来，彼得调转卡车方向，拐上了那条狭窄的小路。就在那里，前方一百码处矗立着那所平房。

莱文说：“我上一次看见这所房子是三十五年前的事了。”彼得将车子停在门廊前。纱窗破了，房门洞开，窗子也坏了，这地方看上去很阴郁。莱文下了车，走上门廊，脚步发出空洞的声响，彼得跟在他身后，他停下来四下张望，见那堆垃圾还在院子里，还有野草和枯死的灌木丛。这终究不是他梦见的东西；他仿佛看见道格拉斯在浏览图纸，大声向妻子要茶，他的妻子出现了，穿着粉红色罩衫，胳膊用绷带吊着。他们打算过不受体制约束的生活，白天在海上巡游放电影，晚上则躺在甲板上数星星。然后发现松脂对人们很有用，试图做件大事。他走进客厅。那四本残破的旧书仍在壁炉架上，壁炉里躺着两段燃烧了一半的木头，冷却已久并且已经炭化。那架风琴依然靠墙而立。道格拉斯的妻子曾经邀请他弹琴，现在他无法再了解她是怎么知道他会弹琴的。他朝那架风琴走去。脚步声似乎有回音。琴键上的象牙已经被抠掉了。他坐在一只箱子上，踩了踩踏板，生锈的风箱却发出呼哧呼哧的响声。他记得她出来时穿着一件粉红色罩衫，用那只没有受伤的手护着石膏。他环顾四周。房间正如他记忆中的一样；这里已经没什么可偷的了，他们的梦想和困惑都随着他们一起消失了。他猜想，他们和文森特都一心想做个对国家有用的人，但是其他想法却最终占了上风。

“我有种预感，我能找到那个蒸馏器。那天我们就是从这里开车过去的。”他们走到门外时，莱文说道。彼得的态度似乎有所缓和。“以前就是这样的吗？”他问。这次探访的浪漫情怀似乎深深地感染了他，他喜欢这种感觉；由于这一切没有涉及利润问题，莱文推断也许是这一点吸引了他，而浪漫之人自然会为逝去的过往事物所吸引呢。莱文猜想，也许是因为他母亲生前抛弃了他父亲并且另嫁他人的缘故吧。彼得跟他莱文一样，生命中就仿佛一只脚悬空，在寻找他能立足的那片云彩呢。

彼得将卡车开回那条铺着柏油的公路，缓慢前行；莱文观察着路边的藤蔓和灌木丛，试图寻找一个线索。当他们驶过那阿尔卑斯风格的看林人办事处时，彼得放慢了速度，但是办事处门前却没有一辆车，很可能里面没人。“不管怎样，我不愿牵扯到政府。”莱文说。阿黛尔去世以来，他还从未像现在这样强烈地感觉到她已不在了。此刻，他很想她，看见她就在这卡车上，还是她去世前四十年二十岁时的样子，肌肉紧实，双臂环抱着他。估计我也是在寻找一些失去的东西，他这样想着；这个想法似乎可以解释他为什么要会回到这个地方。他不禁微微一笑——那么，我所寻觅的正是她喽？——他几乎大声说出来，然后他又心想，哦，这其实是再正当不过的一个理由啦。

他们又继续行驶了半英里。莱文说他记得蒸馏器的位置离办事处没这么远，他们停下车来，立刻听到不远处响起链锯的声音。他们下了车，发现有一条小道通向灌木丛，走不远便看见四个男人在劈一棵倒伏的松树，旁边的空地上已有一堆枝干。见有陌生人来，男人们立刻停下来，等着白人们开口讲话。除了一个佝偻着身子的白发老人以外，其他人都很年轻，大约二十来岁，那老人身穿一件破旧的大衣，一只手拎着一把大砍刀，另一只手拄着一根木棍当拐杖，他有点喘不过气来。彼得朝老人走过去，他抬手轻轻碰了碰帽子，用一种相当正式的方式轻声打过招呼，然后问老人是否在这个地区工作了很久。老人说是的，他在这里工作了一辈子。其他人警惕地观望，就像对待非法入侵者一样。

“曾经有一个白人带着他的妻子和两个孩子住在那边的那所平房里，他制造了一个生产松脂的机器。你听说过他吗？”

“我以前给他打工，”老人说，“那时我很年轻。”

“现在还能找到那台机器吗？”

“它在那边。”老人指着彼得和莱文来的方向说道。

老人名叫奥克塔沃斯，他坐在彼得和莱文中间，他们沿着那条柏油路往回开。他把大砍刀刀尖朝下夹在双腿之间。他那扁平的脸上长着一双小眼睛，他身上那种老人特有的阴冷气息充斥了整个车厢。“他的气味就像旧铁，如果旧铁有气味的话。”彼得对莱文说。然后他又用克里奥语问奥克塔沃斯：“老人家，我们距离更近了还是更远了？”

“很近了，很近了。”老人指着前方说。

“很近可能意味着几英里呢。”彼得说。就在这时，老人的食指指向一片灌木丛，用嘶哑的声音说道：“就是那里，就是那里。”说完便大笑起来，仿佛他们是在玩一场游戏。

尽管身体僵硬，老人还是不得不慢慢地从座位上挪下来，然后像一块木板一样滑落到地上。老人步履蹒跚地走进灌木丛，彼得一手搀扶着他的手肘，一手用他的大砍刀拨开前面的灌木，然后再直起身来挡住脸。莱文觉得他走路的样子就仿佛是在拨开迎面打来的海浪一般。那些带刺的藤蔓撕扯着他们的衬衫和裤子，就像在保卫它们的领地。莱文走在后面，感到有些气短，想到这里海拔较高，或者这是不是他等待很久的心脏病发作？他轻微上气不接下气的状况让他想起了吉米·P那塌陷的鼻梁以及他一使力气便像拳击手那样呼哧呼哧地喷着鼻息，这个形象又让他想到吉米去世大概也有二十五年了。吉米可悲地相信俄罗斯人，相信工人阶级与生俱来的美德，相信世界历史必然会走向乐善好施的社会主义，而那些信仰最终都变成了什么？如此深邃的信仰在埋葬它时几乎应该赋予它足够的规模和分量来铭记；设立一个法定的假日或许会有益处，那时人们就可以纪念自己那些逝去的信仰了。有趣的是，人们似乎更容易地接受吉米已从地球上消失的事实，而不愿接受他的激情及其投入的那种爱恨交加的复杂情绪也已消失的事实。信仰失却，留下的只是被它误导的人们那消失的脚步，还有什么比这更让人灰心丧气的呢？他不禁在想，抑或人类的所有奋斗另有其他意义吧。

他们踏上一块长满杂草、到处都是树桩的空地。老人和彼得一起停下脚步，但彼得仍然扶着他的手肘，准备在他跌倒的时候搀他一把。老人用手指了指右边一座低矮的孤丘，孤丘脚下密密麻麻地长着带刺的藤蔓。他们三个人走近那座孤丘，朝那片藤蔓后面定睛观看，一旦眼睛适应了灌木丛中的昏暗光线，他们便发现灌木丛深处有一个黑暗的高大物体，那是一根大约六英尺宽、十五英尺高的黑色管子。管子头朝上，斜靠在孤丘上，如同一个筋疲力尽的人靠在那里休息。

“我真该死，”彼得小声说，“他真的做到了。”随后，这项异想天开的工程令他大笑起来，但他的眼神却十分严肃。

“令人惊叹，对吧？”莱文说，他很高兴彼得找到了兴奋点，这弥补了这一路上的重重困难，同时也很欣慰地看见道格拉斯的构想最终还是变成了现实。“他是从港口一路把它拖回来的！”他朗声大笑，欣喜之下忍不住向彼得坦白道：“你知道，我原先都不能确定这整个过程是不是自己做梦梦见的，就好像自己产生了某种挥之不去的幻觉。现在我总算是放心了，尽管我还是不太理解这件事。”

“嗯，你必须要亲眼看到它才能相信它。我得靠近点看看。”

彼得说着，向奥克塔沃斯借了大砍刀，开始猛砍油箱周围的藤蔓。莱文帮忙将砍下来的藤蔓拖走。“这就像一个豹子洞，”他气喘吁吁地说，“我们曾在非洲见过一个豹子洞，我和我的妻子。豹子行动诡秘，住在荆棘丛中，跟这个很像。”在他们拖走一棵枝叶繁茂的桉树之后，主油箱便暴露在光天化日之下，它旁边还有一大堆由管道连接在一起的小油箱。一些用来连接其他油箱的管子已经断裂，悬在半空中。莱文觉得耸立在他们面前的整套设备就像是一个手臂上缠绕着蛇的仙人、一个魂灵、一个请求人来解读的无声意向。而且它比最初看上去更加壮观，或许有二十英尺高，八到十英尺宽。

“天哪！”彼得呼了一口气，说，“他是认真的，竟然一路把它们拖到了这里。”

“我很想知道他有没有点火。”莱文说。

彼得转向奥克塔沃斯，用克里奥语问他们是否使用过这个蒸馏器。老人叹了口气，蹲下身去坐到一个树墩上。彼得轻松地一屁股坐到地上，翻译着老人的话。莱文弯腰蹲下身来，然后笨拙地向后坐倒在地上。老人的声音沙哑刺耳。

道格拉斯先生负责点火，奥克塔斯沃和另外三个人负责从松树上提取松香，他记得牙买加人文森特负责监督整个过程，但他只来了一天，后来就没再来过。他们制造出了松脂，就像是这些松树出产的一个奇迹，第一批松脂生产出来以后每个人都分到了一升，一桶桶松脂用卡车运到了港口。随后开始有病人过来，他们没钱买松脂，于是道格拉斯先生就免费送给一些人一两杯松脂，治疗肠胃不适、皮肤疾病、口腔溃疡和婴儿疾患，最后发展到人们有时成群结伙地来索要松脂，希望能治好自己的病。道格拉斯甚至会像医生一样帮他们检查，而他的妻子就像护士。“有些人用山羊肉或四季豆来换，但据我所知，道格拉斯先生需要更多钱来运营，”奥克塔沃斯说，“因为我家一直开店，我知道怎么做生意。所以道格拉斯先生去了港口的银行，他们派人过来调查情况，但他们说这并不是最适合的那种松树，因此不肯贷款给他。”

“我们就这样坚持了五六个月，”奥克塔沃斯接着说，“直到有一天早晨，我们刚开工，他就来了，让我们停下来，说是没有钱给我们发工资了。我们一起坐下来议论这事，但没有人能想出办法来，我们便离开了，再也没有回来。但是，因为我家住得比较近，每隔几天我就会回来看看，看他是不是打算重新开工。有天早晨，我看见他趴在大油箱前的地上，似乎是在祈祷，可他一动不动，我拍了拍他，他抬头看着我，整张脸瘦得只剩下骨头了。我得说说他的妻子，她的胳膊肿了，回美国去做手术，带走了两个孩子，我们也再没有见过她。那天，道格拉斯握着我的手，我们一起在地上坐了很久。他的克里奥语说得非常好，所以我记得很清楚。他说他快要死了，感谢我为他工作——你知道，我在工作中从来不曾懈怠，而且我是其他人的主管。他还说这台蒸馏器现在归我了，然后从衬衫口袋里掏出一张纸递给我，纸上写的是英语，我看不懂。但是牧师能看懂，那上面说我是继承人。可我又上哪儿去弄钱来支付工人工资呢？所以，事情就这么了结了。”

“那是你最后一次见到他吗？”彼得问。

“不是，我知道他病得很重，过了不久就去了他家看他怎么样了。他一个人住在那里，有个老妇人给他送羊奶什么的。他很高兴又见到我，他握着我的手，然后在一张纸上写了些字，把那张纸给了我。我一直保留着它，因为他随后便去世了。”

他把手伸到腋下一只破旧的小山羊皮口袋里，掏出一张泛黄的小纸条，纸张上端优雅地签着道格拉斯的名字。彼得读过之后把它递给莱文。如果这个想法消失，那就随它去吧；但是，如果你能将它保留，那就这么做吧，相信有一天它一定会让你飞黄腾达。下面署名，道格拉斯·布朗。

彼得目不转睛地望着老人，问道：“他说的想法是什么？”莱文捕捉到彼得语气中流露出的热望。

老人的脑袋像石板一样，方方正正的；曾几何时，他肯定非常强壮。他肃穆地摇了摇头说：“我不知道。我一直都没理解。这些油箱……”

他说不下去了，转向那些油箱，盯着它们看了许久，似乎在极力回想什么。莱文觉得，过了这么多年，这一切对他来说一定也像是一场梦吧。老人似乎想说什么，但放弃了，他摇了摇头，眨巴着那双小眼睛。莱文心想，所有这一切终将被人遗忘，包括所有那些生命和所有那些关爱，以及所有那些希望，如同它们先前存在时一样让人难以理解。

在他们朝公路走的路上，莱文注意到杂草丛中有一颗闪闪发光的螺钉。他把它捡了起来，放进自己的口袋里，不禁思忖着哪种金属过了这么多年还能这么有光泽。一坐进卡车里，莱文就看到老人被感动了，看上去十分满足。“他现在开心多了。”他说。

“嗯，他将这信息传递了下去。”彼得说。

陆虎在山体的废墟间艰难前行，车身摇摇晃晃，不堪重负的弹簧发出沉闷的响声；那些若隐若现的山路非常陡峭，柴油机嘎吱作响。莱文望着窗外说："他们确实破坏了这里的景观。我真不敢相信这一切有可能发生。你知道，以前这里有一条很好的公路呢。"

彼得只是点了点头。此时莱文明白了，他的沉默是在为某种比自己的生命伟大得多的东西哀悼；整个国家都被令人窒息的贪婪包围着，在他无法带来任何改变的无望面前无以言表。他们都默然不语，莱文又想起多年前的那个晚上，在翻过最后一个斜坡之后，他和文森特，现已过世的文森特，回到了帕特夫人家里，见到了阿黛尔，他给她讲了那晚的整个冒险经历；他还想起了那晚在流淌进酒店房间的那片月光里他们重新发现了彼此的身体，可如今她已不在人世，完全消失了踪影，他又一次感觉难以置信。他和阿黛尔都身材高大，躺在床上时，四只脚都伸到被子外面。他曾经是多么喜欢靠在她身上，在她上面有时会觉得自己很渺小。逝者如斯夫。他的身子在车门和彼得的肩膀之间不断晃动着，自身无尽的孤独令他感到惊愕。他亲眼看见道格拉斯被希望逼疯了。甚至倒退三十年，在这座山上，希望就被剥夺了它的生命活力，化作了僵死的石头。现如今，谁还能感受到那种热切的希望？或者，它只是幻想？但什么又不是呢？在山上，他又捕捉到了这样一丝希望。大智若愚的道格拉斯可能触及到了某种近乎神圣的东西，他曾想让自己从前在麦迪逊大街的人生变得有意义，但除了这件荒唐之事之外他又不知如何做到。莱文心想，或许这就是为什么在仅仅与他短暂相处之后，他的形象会存留在我心中的原因。现在看来，这个记忆永远也不会消失，即使他只能部分地理解它与自身的关联。

他转过身去看着彼得，自己毕竟在他还是个嘴里塞满樱桃的小孩时就认识了他。“这件事你怎么看呢，彼得？”他问道。

“哪件事？”

“所有这些，”莱文用手指着窗外说，“这一切。”

“你在纽约时就认识我母亲吗？”

“你母亲？不，我们在这里认识的。怎么了？”

彼得耸了耸肩，但还是决定继续说下去。“他们都觉得能在这里找到答案。政治上的答案。你也是这么想吗？”

“我？你是说某种社会主义吧。”

“是的。”

“有那么一段时间，我确实也这么想。”

“后来怎么样了？”

“哦，首先是俄国人。阵营分化和经济落后等等引起了人们对它的不满。此外是美国的经济繁荣。”

“于是就烟消云散了。”

“看来是这样。是的。”

他们又一言不发地开了一会儿。随处可以看到一个个男人孤零零地站在路边，满面灰尘，一脸惊讶地看着他们从身边驶过。“你知道，这就到头了。”彼得说。

尽管彼得语气平静而克制，莱文还是感受到了他内心深处的怅然若失。“你觉得你会永远待在这里，还是……”他突然打住话头，意识到彼得一定很爱这个国家，为什么要拿离别之苦来刺痛他呢？

“我可能会去美国，但我也不确定。我女朋友想要结婚，但我真不知道该怎么办。”

“我很好奇，彼得——你对道格拉斯怎么看呢？”

“我不知道。我想，他是个超级大傻瓜吧。”

“为什么？”

“嗯，他本可以在投入那么深之前核查一下这里的这种松树。天哪，他事先都不去找点专业信息。这很愚蠢。”他思索了片刻，继续道：“但你在和这些人一起工作时肯定很不容易吧，不管你负责的是什么。”

“咦，他们有什么不对吗？”

“他们心猿意马。他们看到的是我们看不到的东西，听到的是我们听不到的东西。”

“你在海地有朋友？”

“哦，当然！我是在这里长大的。可他们大多数人迟早都会过得一团糟。”

“但他们似乎也有可爱之处呀。”莱文说，脑子里想着奥克塔沃斯。

“嗯，是的。有一些吧，”他顿了顿说，“现在这一带有一些坏人，他们有武器。他们说，他们得到了美国中央情报局的支持。总是打打杀杀的。”

“那你想怎么办呢？”

“我觉得他们不会找我的麻烦。如果他们来，很可能是因为他们想削减我的生意。如果他们太过分的话，我就得关张走人了。”

这时，他们经过那片拥挤的小棚屋，又看到了那个小花园。莱文把那个问题在脑子里反复思虑了几分钟，最后说：“我觉得你太棒了，居然能把那辆出租车修好，彼得。”

“我只是把弹簧装回去拴紧，仅此而已。”

“我不得不承认，看到你停下车去帮他们修车，我很惊讶。”

彼得似乎不想继续这个话题，皱了皱眉说：“我认识那个人。”

“那个司机？”

“嗯。”

“从你们谈话的方式看来，你们不像是认识呀。”

“他很笨。他甚至不该开车。他是没办法修好那辆车的，就连把千斤顶放哪里他都不知道。他想要把车抬起来，而不去对付那根弹簧，他做事完全南辕北辙。他是个白痴。给我打了一阵子工，后来我不得不把他解雇了。”

“我明白了。”莱文说。这么说，彼得不是出于某种无私的同情心，也不是某种骑士的高贵品质，而是出于对那个愚蠢的司机居高临下的不耐烦，以及对自己的修理能力的自豪感？因此彼得伸出援手这件事并不像他以前想象的那么高尚？除非骑士们也要照顾自己的自尊。莱文可以肯定的是他自己很可能并不会停下车去帮忙，即使他知道怎么装那个弹簧。是因为他对这些人缺乏彼得的那种大爱？还是因为他无意成为任何人的救世主？

他不禁咧嘴一笑，心想，那片荒地上若是有一架钢琴，我倒是很乐意坐下来为他们弹上一曲，就在那司机把事情搞得一团糟，那些人等着有人来救他们而被饿死、渴死的同时。每个人终究都要实现自我。然后他又想到那个蒸馏器，想到那个大油箱的庞大体积以及拖着它从港口穿过树林所耗费的劳力，想到那个电焊工和他的发电机，又想到道格拉斯对文森特那发疯般的求助，想到歪歪扭扭地架在他鼻子上的那副又破又脏的眼镜，想到他的呐喊："这个国家濒临灭亡呀，文森特！"

彼得将莱文送到酒店，说他晚上会过来接他一起吃晚饭，他显然很喜欢跟莱文相处。莱文挥手道别，上楼回到自己的房间。冲过澡后，他一丝不挂地躺在床上，或许当年他和阿黛尔共眠的就是这张床。一声刺耳的汽车喇叭声透过百叶窗传来，他想起了以前阿黛尔很喜欢这百叶窗，接着街上传来了一阵啁啾儿语，然后便是摩托车的轰鸣声。他又想起了那个大油箱，过了这么多年它看上去仍完好如昨，只是在焊接节处有一点锈迹。它很可能会在那里保存上一千年。在某种意义上，它宛如一件艺术品，超越了制造者的卑微琐碎，甚至超越了他的自恋和愚蠢。他很高兴自己回到这里。不是因为它有意义，而是他在不经意间对道格拉斯的雄心壮志表达了自己的敬意，他觉得这种精神已经从这世上消失了，至少他认识的人身上不再能寻见。他敬爱道格拉斯，希望他也曾那般洒脱地生活过。他渴望再和阿黛尔一起弹奏舒伯特的曲子。他就要昏昏睡去。酒店里可能有一架钢琴，他能够想象出阿黛尔和自己并肩共奏一曲的情景，他得问一下服务生。他能够闻到她的体香。奇怪的是，她再也看不到那个大油箱了。

存　在

他醒来时六点差一刻，阳光照在他的脸上，他心里仍然感到憋闷，因为有人批评他为女人们做得不够；他套上出门散步时穿的短裤和凉鞋，瞟了一眼她那只裸露的臂膀，满怀对晨雾的渴望走到料峭的室外，在飞旋的雾气中走向海滨大道，就连那不温不火地照在他后背上的暗淡阳光也让他心生感激。沿着那一排还在沉睡中的海滨别墅和路边那些正在打盹的汽车，他搜寻着那条通往沙滩的小公路，脚下的凉鞋发出沙沙轻响，终于，他在那排别墅的最后一幢旁边找到了它。在即将下坡的小路边缘处，他停下脚步，朝银光闪闪的海洋瞥了第一眼；他家乡的这片神圣海域在童年记忆中如此遥远，海面上那些亮晶晶的白色泡沫和生灵涌动的幽暗而圣洁的海底曾让他既爱又恐惧。有一次，在他六七岁时差一点被淹死。他又向前迈了一步，踏上了那条向下倾斜的、被海水漂白的灰色木栈道，穿过身边那长长的羽状茅草丛，一个白色的身体突然跃入眼帘，从上方看过去，一名身穿黑色 T 恤衫的男子正在做爱。他停下来观望。一个年轻的躯体在缓慢地前后晃动，皮肤紧实，晒得黝黑，双膝跪地，牢牢地把握住节奏，但蜷伏的女人完全被一座长满草的小沙丘遮住了。未加思索，他已转身朝向来路，站在路边不知所措。没有其他的路通向沙滩，他不得不等待。他趿拉着凉鞋，漫步走过那排沙滩别墅，发现自己未受撩拨，却也并不感到惊讶。或许因为这场做爱由于当事人的沉默克制而显得缺乏热情，或许因为他自身的压抑。无论如何，它只是让他觉得自己应该做出礼节性的谦让。可是很快他便为去往沙滩的路受阻而愤愤不平；在距离人来人往的公路十英尺处做这件事，这个想法真是过分！转念一想，他们事先不会料到有人这么早路过此地。不过，这是一些人的必经之路。他估摸他们一定完事了，便回到那条小路上，重又朝沙滩方向走，同时用力发出一声咳嗽以示警告，他断定他们此刻一定并排躺着，可能身上还盖着毛毯。到了沙丘顶端，他停下脚步，看见下面的那个男人还在做爱，只是稍稍加快了速度，带着绝对的霸气和主导权，俨然是一个潘神①在与土地本身做爱。此情此景让人不禁感到一丝恐惧，这力量中蕴含着一种神圣的成分，像是以统治换取服从的原始交换。男人此时正在冲刺，一次比一次速度更快，时间更长，无声的动作里带有一种人为控制的节奏。他转过身去，脑袋里一片混乱，担心对方马上就要叫出来，只好又朝大路的方向往回走，他不想亲自见证那荒唐而神圣的雷鸣咆哮，仿佛观望本身就会使它遭受亵渎，或者说，他不情愿面对这其中的挑战。

他又漫无目的地走了一圈，这一次时间更久，几乎走过了他和妻子客居的那座房子所在的整个街区，最后又原路返回，再次试图走向沙滩，他爬上了沙丘，朝下坡走去。大雾散尽，露出大西洋上方的澄明蓝天。小路边躺着那个男人的躯体，像蝶蛹一样

① 希腊天神，半人半羊的山林和畜牧之神。

埋在一只卡其布睡袋里，而女人已经不在了。海面轻轻地上下起伏，风平浪静，锯齿状的泡沫冲刷着紧实而松软的土黄色沙坡。海上原本了无人迹，可现在右边的水域里有一个身穿黑色短裤和白色T恤衫的女子，站在正在退去的浪潮边缘，海水没过了她的脚踝，她弯下腰去，张开双手拍打着翻腾滚动的泡沫。从他所在的位置看去，他看不清她的长相，只见她大腿丰满而漂亮，但她的头发似乎僵直、纠结地竖立着。他看着她眺望海面，爬上斜坡，走向那片柔软的沙地。她看见了他，但目光并未停留，她步履艰难地走回沙丘，铺开毛毯，在那个被沙丘挡住的侧身蜷卧的男人身边坐下。他们之间相隔一两英尺的距离。她回头看着身旁的蛹状躯体。然后她又望向大海。她在毛毯上擦干了双手，随后似乎叹了口气，躺倒了下去，双膝弯曲竖立。过了几分钟，她侧过身去，背朝睡袋。

他走到海边，海水进进退退，发出嘶嘶的响声，他意识到这就是他在整个过程中始终听见的声音。他突发奇想，朝着那对情侣相反的方向，沿着水边悠闲地散步。深不可测的海洋引发了他的深沉遐思；生命中没有其他事物如此感情充沛，它那舒缓的拍岸声如此充满智慧和欢愉，而其实这一切颇具欺骗性，因为它的暴烈脾气正在积蓄仇恨。他饿了，想吃早餐；他开始沿着小路朝街道的方向返回，刚走几步却停下了脚步，他看见他们躺在几百英尺开外的地方，于是他坐在沙地上注视着那蛹壳和背向它蜷卧的女人。他心里纳闷，他怎么会认为她此刻肯定感觉自己被遗弃而不开心呢？那个家伙怎么就不是一个她不想再与之纠缠下去的花花公子呢？也许她对他穷追不舍，直到捕获了他，此时躺在那里的是赢家，在她的下一场征服之前稍事休息。他们就像猿猴一样少言寡语，他心想。两个人在满足欲望之后安静地待在笼子里面。还有太阳。海浪是看得见的地球自转。年轻女子坐起身来，男人刚刚拿出年轻时蔑视死亡的那股劲头来做了他力所能及的事情，此时仍躺在裹尸布般的睡袋里一动不动。她眺望着海面，整片沙滩上依然空无一人。他们肯定是在那里过的夜。这可能是他们第二次做爱了。她慢慢转过身来，透过那片光线望向他。他毕恭毕敬地垂下了眼帘，不知何故他对她的熟知令他感到内疚，随后他决定用目光来回应她。她一骨碌站起身来，朝他走了过来。走到近前，他看到了她浑圆的臀部和丰满的乳房。她个子不高。等她再走近一些，他发觉自己先前看到的她那僵硬、卷曲的头发只是雾气和阳光造成的错觉；她其实长着一头浓密的棕色短发，还有圆圆的脸颊和深棕色的眼睛。她额前有个美人尖，戴着五十美分硬币大小的橘色珊瑚耳环。她的左手拇指上缠着邦迪创可贴；或许在碎瓶子和木渣滓遍布的沙滩上待了很久。他盘腿而坐，她在他面前停下来站住了。

“你知道现在几点吗？”

“不知道，但将近六点半了。”

“谢谢。”

她朝他身后的海面看去，目光里满是踌躇。“你在这里住吗？”

“不，我是来度周末的。”

“哦。”她像个哲学家似的，深沉地点了几下头，无论有没有假装的成分，他开始感到她是把他看成同党的，不管她站在什么立场上。她似乎把他此刻的在场视为不可避免的事件，除了她和她的情人以外，沙滩上只有他一个人。她轻松自在地站在那里，把创可贴松开的一角按在皮肤上。然后她把目光从大拇指转向他，偏着头仔细打量、揣摩他，嘴角咧开，露出温柔而散淡的微笑，仿佛期待得到他的认可。他感觉自己的脸红了。然后她平静地叹了口气，再次朝海面望去，上扬的下颌给她增添了一丝高贵。此时，是她主宰了这片海滩，他便意识到自己先前的想法有些荒谬。

发生过什么事情。他虽不理解，却心怀恐惧和不快地意识到他找到了一个关联，他并不是独自一人，于是便下定决心不再毫无目的地乱讲话。三十年前，他曾在这片沙滩上做爱。当时这里的房子更加稀少。可能是在同一座沙丘上的草丛间，尽管他记得那座沙丘看起来更高一些。她现已作古，他猜想此时已化为一具白骨。但是，他们做爱时不完全是静默无声的。那是在一片黑暗之中，他记得一道月光在水面上闪耀，就像是一条公路，它发出的光泽折射到她的黑发上。

她难道不打算开口讲话吗？他试图表现出开心的样子，但当他抬头看她时，他的情绪里掺杂着恐惧。他迅速瞟了一眼，发现那睡袋一直没有动静，仿佛她的同伴已然去了另一个世界。可她没有睡意。她或许还沉浸在兴奋的悸动之中。她低垂着眼帘，眉头上似乎有万千思绪掠过。从他的角度看来，她那亭亭玉立的双腿就像是沙地上长出的立柱一般。

“你偷看了我们。”

他一下子喘不上气来，但还是坚守住自己的权利。“我不知道你们在那里……”

“这我知道，我看见你了。”

“是吗？我没看见你。你被草丛遮住了。”

“不过，我能看见你。我们表现很棒吧？”

“相当棒。”

她转过头去，朝睡袋的方向瞟了一眼，摇了摇头，仿佛在对什么表示惊叹。但是，她坐到沙地上时，又回过头去瞟了一眼，显然是想确认一下他还没有动静。然后，她盘起腿来，把脚踝压在大腿下，以一种半坐莲花的姿态坐好，挺直后背，几乎与他面对面。她此刻的面容呈现出一种东方韵味，一张圆脸蛋使她的双眼变成了狭长的眯缝眼。“你又回来过一次，对吧？”

“嗯，我还以为你们完事了呢。”

“你知道，我其实看不见你；可我感觉得到你在那里。”

“你是什么意思？”

“有些人让人感受得到他们的存在。”

她坐在那里，默默地注视着他，似乎在等待一件事先约定好的事情发生。他不想说什么，也不想做什么，有些事情可能会让他尴尬，或者会促使对方赶他走。他转过头去面向大海，凝视片刻，装出一副轻松的样子，他们之间没有必要讲话，因为彼此在这共享的静默之中获得了一份安全感。但是，她身手矫捷地站起身，朝海水里走了几米。他涨红了脸，开始为将要失去她而感到遗憾，然后他决定跟上去，尽管口袋里的削笔刀会被咸咸的海水腐蚀，那是妻子送他的生日礼物，可他还是下了海。一个轻柔的海浪令她失足滑倒。海水冰冷得让人畏缩，可他还是投入水中，在她身边游了起来。他们面对面地踩着水，她朝他身边漂近些，一只手搭在了他的肩上。他将她揽腰入怀，随后感到她双腿张开，将他环住。一个浪头向他们头顶扑来，呛得他们直咳，他们大笑起来，她抱住他的腰，把他拉过去，用冰凉的双唇亲吻着他，然后她溜走了，从他身边游开，从海里走到沙滩上，径直走向她那仍旧纹丝不动的情人。

他也上了岸，把手伸进口袋里，掏出那把小刀，打开四个刀片，用湿漉漉的手指抹了抹，朝刀鞘里吹一口气，赶走湿气，然后坐在了沙地上。他没有带毛巾，但是阳光的热度正在升高。肺部吸入的新鲜空气使他感到神清气爽，他把头向后一仰，闭上双眼，惬意地享受着这一切。肯定有什么他该做的事情。他转过头去，仰望着沙滩，发现她坐在毛毯上注视着他，他们相互凝视，就好像被拴在一根长长的丝线的两头似的。现在，他就要失去她了。腰腹部传来一阵阵熟悉的钝痛。他展开身体，仰面躺下，合上双目，为触摸到她的身体或许还有灵魂而感到一丝胜利的喜悦。使他感到诧异的是，蒙眬的睡意开始悄然潜入他那紧闭的双眼；在海里游上一次泳有时会让他感到放松，就像做爱后的感觉一样，他觉得只要他愿意，马上就能睡去。梦境开始浮现，但是阳光迅速变得炙热起来，这样会晒伤的，于是他坐起来，目光再次越过沙滩，投向她藏身的那座沙丘。他的心一凉。他们已经不见了。震惊刺痛了他的胃，使他差一点就呕吐起来。怎么可能这么快呢？他们还得折起她的毛毯和他的睡袋，收起散放在四处的其他物件呢。他赶忙走到他们先前待过的那座沙丘，可那里空无一物，沙地松散得无法留下脚印。他的胸中涌起一团恐惧，他四下里东张西望，却只有大海和空落落的沙滩。他快步走上那条铺有木板条的小路，希望在他们消失之前赶到街上，这时看见了茅草丛上搭着一件白色T恤衫，便停下了脚步。他伸手取过来，把它拿在手里，感受到棉布里残留的一丝丝身体余温。或者是在他们之前来这里的情侣们遗落在这里的，此刻只是被炙热的阳光烘暖？他已越过禁区边界，一脚踏入虚空，这让他感到恐惧。然而，就是在这样一个黑暗的时刻，他的心头无端涌起一阵巨大的喜悦。他从那条小路走上了街道，朝他客居的那所别墅走去。他心里想，如果他看到的情景让他感到如此欣喜，那么他们是否真的在这里其实并不重要了，这是多么奇怪呀？

生存伦理的探寻之旅（译后记）*

阿瑟·米勒（1915—2005）出生于纽约市哈莱姆区的一个波兰犹太移民家庭，是美国公认的最伟大剧作家之一；他与尤金·奥尼尔、田纳西·威廉斯一起统领了二十世纪的美国百老汇舞台，同时也真正将美国戏剧推向整个世界。米勒的代表作《推销员之死》于一九四九年二月在百老汇上演后轰动了美国戏剧界，一举夺得当年的普利策戏剧奖、纽约戏剧评论奖和托尼戏剧音乐奖，后者被认为是美国舞台艺术成就最高奖项，奠定了米勒在美国戏剧界的大师地位。此外，他还成功地推出了《吾子吾弟》（*All My Sons*，一九四七）、《炼狱》（*The Crucible*，一九五三）、《桥上一瞥》（*A View from the Bridge*，一九五五）等二十余部其他剧作。二十世纪五十年代，他遭到美国众议院非美行为调查委员会（HUAC）的共产党活动调查，随后又迎娶了电影明星玛丽莲·梦露，由此成为万众瞩目的全美公众人物。一九九九年，新版《推销员之死》再获托尼奖中的“最佳戏剧重演奖”，八十三岁的米勒则被授予“终身成就奖”。值得一提的是，这位剧作家

---

* 译著得到厦门大学中央高校基本科研业务费项目《当代英语国家文学研究》（0650-ZK1003）资助，特此鸣谢。

生前曾于一九七八年和一九八三年两次访华，首次来访时向中国观众推荐了以一六九二年发生在马萨诸塞州的萨勒姆女巫审判案为题材、有影射二十世纪五十年代盛行的麦卡锡主义和“红色恐慌”之嫌的《炼狱》，该剧于一九八一年九月由上海人民艺术剧院演出时改名为《萨勒姆的女巫》，迅速得到了当时刚刚经过“文革”洗礼的中国观众的广泛共鸣；一九八三年五月，米勒应邀亲自为北京人民艺术剧院执导的《推销员之死》在北京公演，再次大获成功，成为中美戏剧交流史上最重要的事件之一，为米勒在中国赢得了持久的声誉。

与其戏剧成就相比，米勒的小说创作多半不为人所知。然而，从这位剧作家的生平上却不难发现，小说创作几乎贯穿了他的写作生涯始终：米勒于一九四五年发表长篇小说《焦点》(*Focus*)；一九五七年推出中篇小说《不合时宜的人》(*The Misfits*)，后被改编成电影剧本《花田错》(又译《乱点鸳鸯谱》)，一九六一年上映，是梦露最后的银幕之作；一九六七年和一九九五年分别出版小说集《我不再需要你》(*I Don't Need You Anymore*)和《平凡女孩的一生》(*Homely Girl*，英国版 *Plain Girl*：*A Life*)，二者共收录了米勒不同时期的十余篇中、短篇小说。此外，二〇〇七年由美国企鹅集团旗下维京出版社推出的《存在》(*Presence*：*Stories*)是米勒生前发表的最后一批短篇小说的合集，这六篇小说最初分别刊载于《纽约客》《哈泼斯》《时尚先生》等杂志。二〇〇九年，英国布鲁姆斯伯里出版社首次结集出版米勒小说全集《存在》(*Presence*：*The Collected Stories of Arthur Miller*)，共收录十六篇中、短篇小说，其中囊括了先前已面世的三部小说集里的大部分作品。米勒的小说作品得到了《洛杉矶时报书评》的肯定："这些短篇小说提醒我们，这位杰出的戏剧家同时也是一位优秀的作家，这一点毋庸置疑。"A. N. 威尔逊则认为米勒笔下的小说"大有契诃夫风范……具有人文关怀、睿智风趣和思想深度，值得奉为至高典范"。然而，我国对米勒小说作品的译介至今仍未开展，评论界更是鲜有涉及，此次推出其二〇〇七年版小说集《存在》的中译本可谓填补空白之举，米勒的小说创作艺术大抵可从中窥见一斑。

按照我国最早的米勒译介者梅绍武先生的说法，米勒常被人们视为"当代美国戏剧的良心"；《推销员之死》和《炼狱》这两部经典之作对"美国梦"的两面性做出了最为透彻的诠释，对美国民族个性乃至人性的黑暗面进行了颇为深刻的剖析。而米勒戏剧艺术所达到的这种道德高度和思想深度也同样体现在他的小说创作上；可以说，小说本身的文类特色使其在细致入微地探索人类的恐惧、梦想和欲望方面更加得心应手。米勒曾在一九六七年第一版的小说集《我不再需要你》的序言《关于距离》中指出，短篇小说在美国虽不太受人关注，但它所特有的短小篇幅和有限的叙事空间，及其与受众之间适度拉开的距离，仍赋予了这个文类某些得天独厚的特权："我发觉自己不时会产生一种愿望，不想加快和压缩事件与人物性格的发展进程，那是戏剧的做法，而是让它们凝固下来，在静态和孤立中观察事物，我认为这正是一篇好的短篇小说的巨大优势所在。"与戏剧通常借助于舞台上表演的动作来揭示生活真相的特质有所不同，"地方本身以及所见事物、瞬间的心情、飘忽不定且虚无缥缈的疑惧感"等元素在短篇小说里因其真实和平实而获得了特别的意义和分量。因而，这种“富有亲和力的艺术形式”会更能体现作者的个性和主张。事实上，在《西雅图时报》书评人理查德·华莱士的眼里，这位戏剧大师在小说创作中俨然化身为一个性格迥异的米勒——这是“一位兴趣不再流连于宏大主题和意识形态冲突之间，却更多着眼于记忆的微小瞬间和难以理解的事物的作家”。

米勒身后才得以结集出版的两部小说集有着相同的标题，“存在”这一标题取自小说集的最后一个篇目，从表面看来与作品内容并无直接的关联，但英文原文“presence”一词在“在场”和“存在”这两个意义层面上都是对作者意图的准确呈现：一方面，作为物质名词，“在场”揭示了米勒小说集的主题，即对人类现实生活多角度、多层面的厚描；另一方面，作为抽象概念，“存在”则颇为精辟地概括了米勒创作的思想内涵之精髓，即对人类生存状态的深刻思考和价值追问。与标题的哲学深度相呼应，这部小说集在篇目的选取和排列上亦独具匠心，开篇与结尾的作品题材刚好涵盖了从少年到暮年、从蒙昧到了悟、从躁动不安到沉静反思的整个人生历程，文学再现的焦点也逐渐从现实的表象滑向记忆的深谷。

作为开篇，以青少年成长为题材的《斗牛犬》讲述了十三岁男孩涉世之初的启蒙经历。男孩为了买一只小狗而贸然跑到一个陌生女人家里，发现小狗并不是报纸广告上所称的品种，只是普通的棕色狗，正在犹豫如何退出之际，却在女人的引诱下糊里糊涂地与之发生了关系。男孩带着那只被无偿赠予的小狗回了家，心里却总是想着那个女人，直到有一天小狗出了事——由于贪食蛋糕而被撑得口吐白沫了。母亲厌恶地表示不再养狗，兽医便带走了小狗；男孩对女人顿生愧疚，一方面很想再去找她重温那美妙的身体体验，一方面又担心该如何向她解释失去小狗的事情。内心的纠结竟驱使他在钢琴上即兴弹奏出了一曲令母亲喜出望外的美妙和弦："他弹着琴，感觉仿佛体内有什么被晃散了，或者干脆被震塌了。他与以前大不相同了，不再空虚，不再清白，而是沉甸甸地背负了那些秘密和自己的谎言，有一些是讲出来的，还有一些是没有讲出来的，但所有这些都让人生厌，使他如今有些游离于家庭之外，待在一个他能观察他们，也能和他们一道观察自己的地方。"在这个故事里，男孩走出自己平时熟悉的那个封闭的童年生活环境，完成了自己的性启蒙，从而给懵懂无知的少年时期画上了一个句号；性意识的觉醒让男孩失去处子的天真和蒙昧，进入了复杂的成人世界。

与之相呼应，小说集的收尾之作《存在》则站在暮年的角度回望来路，并反观人类生命之中爱的经历和性的力量。一名长者回到家乡的海边故地重游，清晨在通往沙滩的木栈道上偶然目睹一对年轻的情侣在路边激情做爱，故事便围绕这个场景徐徐展开。目之所及，主人公虽为那名男子的力量与激情所打动，却发现内心波澜不惊，情欲并未受到撩拨。在那名男子沉沉睡去之后，他与美丽女子的交谈引发了恍如隔世的遐思，使他不由得记起三十年前与自己的爱人在这片海滩上做爱的情景，而今斯人已逝，记忆依然生动鲜活。与女子一番水中嬉戏之后，此君独在沙滩上睡意蒙眬，转瞬间人去境空，他竟一时分辨不清先前的所见所闻、所作所为究竟是真实的"在场"还是梦幻的"存在"了。

在这穿越般的神奇经历中，这位长者意识到自己“已越过禁区边界，一脚踏入虚空，这让他感到恐惧。然而，就是在这一个黑暗的时刻，他的心头无端涌起一阵巨大的喜悦……如果他看到的情景让他感到如此欣喜，那么他们是否真的在这里其实并不重要了”。在顿悟的那一刻，男主人公似乎超越了过去与现在、青春与暮年、生与死之间的界线，在跨越时空的记忆里找到了恒久存在、历久弥新的人性价值。

这两篇小说的主人公均未具名，人生起点的迷惘和期许，以及临近终点的空虚和释然，都在亦幻亦真的描述中跃然纸上，首尾在一唱一和之间既突显了作者对于生命过程的哲性反思所能达到的高度，也推出了一个有关生之存在的宏大谜题。在男孩与成人世界的最初接触中，象征着自然之爱的小狗充当了一个媒介；与性爱的乐趣相伴而生的则是以关爱和责任为特征的主体意识。男孩的丰富情感及其人性的自然流露与母亲的无情和兽医的冷漠形成了颇为鲜明的对照，而前者正是艺术灵感的源泉所在。与之相反，对于那位徜徉于记忆之畔的长者来说，在生命勃发的最初律动渐行渐远之时，美妙的感官体验成为“水中月，镜中花”，终究化作了记忆的水中倒影，留下的则是关于存在的真实的心理体验，人类生命的本真价值闪现其中，亟待敏感的心灵去捕捉和发掘，而艺术创作的价值恰在于此。

根据评论界的说法，米勒小说集里的作品“呈现了一组被某些难以言传的因素所改变的人物形象”。正如上述在人生拐点上的豁然了悟的一老一少两个人物，他们在那顿悟一刻分别迈过了童年与成年、青年与老年之间的边界，与自我和他人达成妥协或默契，坦然面对并接受下一个生命阶段的全新生命状态。究其实质，这些所谓“难以言传的因素”恰好构成了人类存在之谜，传达了米勒艺术所特有的那种“深刻洞察力、人文精神和情感共鸣”，从而清晰地勾勒出米勒艺术观的道德之经纬和伦理之维度。颇能体现编者独具匠心的是，在《斗牛犬》和《存在》二者构成的人生框架之中，被安排在首尾之间的四篇小说聚焦于人类社会的不同生存层面，从不同角度诠释了人类的生存主题，形成了一派自然、社会与人类精神交相辉映的宏大叙事景观；同时，历史、记忆与现实交织在一起，成功地将个体生命体验和个人记忆融入了作者对人类共同记忆与存在的追问和反思之中。具体来说，这四篇小说分别提出的是一个有关生态环境和生存价值的伦理问题，而这些问题的答案共同构建起米勒小说艺术的伦理维度。

《海狸》讲述了一个有关自然生态伦理的故事，从一个物种的反常行为出发，对比三十年间发生的自然环境变迁，对人类破坏生态环境的做法提出了质疑。男主人公发现自家的人工池塘在一夜之间被海狸侵占，海狸一家不仅在此筑巢，而且正忙于用树木、水草和淤泥堵塞溢水管，试图构建一个新的池塘。他一方面对这种啮齿类动物给周围环境带来的潜在危害感到恐慌，预感到“池塘周围生长多年的一片可爱的小树林将要悉数尽毁”；另一方面也讶异于海狸眼下所做的“愚蠢的无用功”，因为“这里已经有一个足够深的池塘了。海狸怎么能视而不见呢”？驱赶未果，他只好请朋友过来击毙了海狸。他虽然并不后悔大开杀戒，但内心久久不能平静，一心想要了解海狸那貌似“违反了大自然的经济原则”的做法背后的动机：“这其中是否隐藏着某种逻辑……？若非为了提高水位，海狸是否受另外一种完全不同的动机支配？如果有，是什么？可能会是什么呢？”思考的结果是人类活动对自然环境的干预破坏了自然规律，引发了这一系列逻辑混乱的连锁反应：“要是这里一开始就没有人工建造的池塘，只有一条原生态的蜿蜒小溪，海狸以它的智慧在溪边筑堤，建造一个宽阔的池塘，水的深度足够让它筑巢……一旦清醒地认识到这个物种的实际功用，人们就能以一种或多或少的平和心态去看待周边的树木不可避免会被毁掉这件事。”最终，“将自然视为可靠逻辑和稳定秩序的终极源泉”原本无差错，人类自身原来才是破坏自然生态的罪魁祸首。

如果说《海狸》是在人与自然之间发生的寻常生活事件中探索自然生态伦理之谜，那么《演出》则将不寻常的重大历史事件还原成了独特的个人情感体验，尝试在人性层面上揭开社会生态伦理的奥秘。这篇小说的叙事者以一名聆听口述并即时做出回应的旁观者的视角，重构了一名沉迷于舞蹈艺术的犹太裔踢踏舞者在二战前夕应邀赴德为希特勒演出的经历。那位历史上以残暴著称的大独裁者在观看演出时陶醉痴迷的人性流露，以及演出后对舞者的高度赏识和委任提拔，令舞者回味至今。而且，不为人所知的是希特勒曾将自己塑造德意志民族性的宏图大志与踢踏舞的推广联系起来，“他相信舞蹈中所包含的健康活力的舞步、严明的纪律以及质朴无华的个性将会非常有益于德国人民的身心健康。他预言以后全国各地将会有几百乃至几千名德国人同时在礼堂里或露天体育场上一起跳舞。这很能鼓舞人心。它不仅能提高德国人民的健康标准，而且能强化德国人民之间的钢铁联盟”。尽管舞者感觉共同的艺术追求成为他与希特勒之间的纽带，权力的诱惑也几乎让他欲罢不能，但他再三犹豫之下还是亮明了自己的犹太身份，随后仓皇逃离了是非之地。然而，这段经历给舞者带来的是巨大的价值观困扰，使他陷入复杂的情感纠结乃至痛苦的心理隔绝之中：二战后，对于那个臭名昭著的纳粹杀人魔王和残害犹太民族的历史罪人，舞者如此这般的记忆表述在世人的一片讨伐声中显得格格不入。在那满目疮痍的柏林，他不禁“反问自己，这一切怎么可能发生？是什么把他们变成了那样？肯定是有原因的。是什么呢？”他迫切希望人们能够通过自己的故事来理解那些蕴藏在重大历史事件背后的人性奥秘。同时，作品也在历史的坐标上对个体记忆的政治合法性提出了质疑：是非与善恶的评判依据究竟何在？艺术与政治二者所派生的价值观在多大程度上契合或相悖？此类问题看来要在社会生态伦理的范畴内寻求答案了。

《裸体手稿》是一个有关爱与艺术的故事，艺术家借由“身体写作”找回的灵感与激情将人类生态伦理的探索延伸到了精神维度。一名凭借处女作成名的作家如今江郎才尽，纯粹为了生计而写作，再也写不出令人心动的作品来。妻子来自一个波兰移民家庭，她那有着立陶宛贵族血统的父亲梦断美国，原本期待跻身上流社会，却不幸跌入卑微的社会底层，巨大的身份落差使他精神失常；而她生性清高，本能地拒绝性事，痛苦地挣扎在不切实际的幻想和现实生活的重压之下、几近崩溃的边缘。作家一度寻花问柳，想借助性来留住青春和才华，但一切都是徒劳；生活依然空虚，文字照旧苍白空洞。终于有一天，他灵光一闪，想出一个不寻常的办法来激发创作灵感，即：招募一名女性，在裸体上写文稿。方法居然奏效，作家文思泉涌，记忆中与妻子最初邂逅的场景唤起了他的真情实感，而陌生女孩的自愿奉献不仅使他的幻想变为现实，还让他重新感受到人性的美好。完稿后的共浴顺理成章，做爱似乎也水到渠成。然而，随后开出的那张冷冰冰的支票瞬间消除了二人之间的亲近感，女孩失望而去。带着愧疚之情，作家叩问灵魂："现实总是如此轻松……可为什么它总是与愤怒相伴而来呢？"的确，在那保守主义盛行、物欲横流的五十年代，理想主义者遭受重创，因为"他们都摆脱不了一个失去荣耀的没落时代的影响：在这个国家里，人们对世界革命一无所知并且把这当成天赐之福，钱越来越容易挣到，精神分析学家被赋予最高权威，不愿承担责任的冷漠被誉为至高美德"。作家寻回的不仅仅是"丰盈而甜美"的纯净爱情，更重要的是那个"囚禁在他内心的男人，一名自由歌唱的诗人，其精神犹如海浪般真实可信"。他期盼"能从自己幽暗的内心中发掘出更多颤动的纯情"，用艺术捕获那些"由于惧怕表露而遁形的爱情残骸"。爱与美的理想在现实的灰烬里浴火重生，闪耀出人文主义光芒。这不啻为通过重新检视当下价值来寻求失却的精神生态家园的一次大胆尝试。

与前三者相比较，《松脂蒸馏器》所述的故事更为复杂，作品巧妙地将人类与自然、政治与社会、艺术与人类精神等生态伦理诉求编织在一起。男主人公最初的政治热忱一度受挫，转而逃遁到艺术之中找寻慰藉；携妻子赴海地度假原本是为了享受阳光，却偶然结识了一位放弃纽约的富足生活、一心想要拯救这个“濒临灭亡”的国家的有志之士道格拉斯——此人罹患癌症，却不顾众人劝阻，执意要把一个废弃的大油箱改造成松脂蒸馏器，想通过制造松脂来挽救濒危的森林，阻止政客偷盗、倒卖山上的树木，同时也给当地居民提供急需的医疗帮助。他被此人的真诚所打动，却不禁疑惑这无谓的冒险行为背后的动机：“不管是他还是他认识的人，从来没有人这般在乎过一件事并且这般公然地表现出来。但这一切只是为了提炼松脂吗？……松脂实在是太便宜了……其中的原因是什么呢？”事隔三十余年，主人公突然想起了那项未竟的事业，萌生了重访海地的念头，试图为余生晚年找回些许生命的意义，他意识到：“对道格拉斯而言，那个松脂蒸馏器无疑是他所创造的一件艺术作品。为了制造出他在脑海中勾勒的一个美好幻象，道格拉斯牺牲了他自己、他的事业、他的妻子和孩子……【而大多数人】从不去拦截那一道能够激发他们去创造新事物的无形光柱。”然而，海地当局的贪欲已将往日的森林吞噬殆尽，山地水土流失严重，道格拉斯为之付出生命代价和家庭幸福的蒸馏器也惨遭废弃，热切的希望和深邃的信仰已随逝者而远去。所幸的是，男主人公终究寻回了人生的希望：道格拉斯所做的“荒唐之事”背后是“某种近乎神圣的东西”，大油箱“宛如一件艺术品，超越了制造者的卑微琐碎，甚至超越了他的自恋和愚蠢。他很高兴自己回到这里。不是因为它有意义，而是他在不经意间对道格拉斯的雄心壮志表达了自己的敬意”。令他感到欣慰的是，尽管“他觉得这种精神已经从这世上消失了，至少他认识的人身上不再能寻见”，但他却意外地在那些贫困交加的当地人身上体察到了一种乐善好施的人性关怀，同时他也相信有关道格拉斯的记忆将会通过那位陪伴他踏上搜寻大油箱之旅的晚辈继续传承下去。由此看来，松脂蒸馏器代表了一个承载着人类所有的积极生命价值的美好家园。

对于上述作品，《出版商周刊》这样评论："普利策奖获奖剧作家米勒大展文学现实主义的纯熟技艺，表现出深深扎根于他们所处的时代背景下的有血有肉的人物之心理和道德冲突。"纵观整部短篇小说集，这些作品在人生和人性构成的宏大框架内倾注了对自然、社会和人类精神生态的关注，无不带有二十世纪下半叶美国社会生活和意识形态的时代印记。在米勒笔下，记忆的追溯、对往昔的回忆和历史的反思一针见血地道出了现代人的生存困惑和挣扎求索，生存价值的追问回荡在这物质丰饶的"贫瘠"之地，呼唤着理想主义的回归。的确，在人生终点处回望来路，似乎可以更加清晰地看到：当肉体的存在即将化为乌有时，精神的传承也不失为一种颇具形而上意义的"存在"；这后一种"存在"将人类种族和万物生灵的物质存在维系起来，使其在相互成就之中变得更有生命主体的价值和尊严。

或许可以说，总体看来，上述作品描绘了这位已近暮年的作家关于生存伦理的一次探寻之旅，共同揭秘了人类个体和物种之间基于生存需要或生命尊严所建立的那张互为依存、密不可分的隐形关系网络。在这个意义层面上，米勒的小说集恰到好处地展示出中老年叙述视角的优势与特权所在，尤其是《存在》以及《演出》《海狸》《裸体手稿》《松脂蒸馏器》等五个篇目均以三十年为时间跨度，充分彰显了年长者的记忆与现实之间的冲撞所带来的叙事张力；就连《斗牛犬》这篇以十三岁男孩为主人公的小说也因为叙述者与青少年主人公之间刻意拉开的认知距离而显得成熟老到。《纽约时报》称：“这些故事写得优雅得体……它们靠的不是大多数当代小说读者所熟悉的人工雕琢的微妙色彩和刻意安排的顿悟瞬间。用清晰明白的平实文字概括出情感、情境和主题的精髓，这是米勒先生最优秀作品的特征，它使读者不禁希望故事再长一点、再多一些。”对于这种说法，译者颇有同感，译后意犹未尽，回味绵绵无穷，是为记。

林　斌

二〇一二年十月于厦门